爱是天时地利的迷信！
我们总在不懂爱的年纪，遇见最美的爱情。

依然相爱，该有多好

不止爱情，人生就是一场永无止境的邂逅，相拥，相离的过程。

贾平凹

依然相爱该有多好

就算余生相爱相杀,
我也不想和你说再见!

解晚晴 —— 著

南海出版公司
2016·海口

依然相爱，该有多好

第一章 人生若只如初见 p1 /　初恋，是道明媚的忧伤 p2 /　那年，那月，那人 p15 /　尘埃里的爱情花 p26 /　犹记年少春衫薄 p37 /　青春在晚风中滑落 p49 /　洁白的栀子，梦中的你 p61 /

第二章 昨夜西风凋碧树 p73 /　暗恋，是一个人的地老天荒 p74 /　匆匆那些年 p85 /　昨夜西风凋碧树 p97 /　那年的爱情，隔夜的灯 p109 /　离人心上秋 p121 /　昨夜星辰昨日风 p133 /

目录

第三章 衣带渐宽终不悔 p145 /　有些爱，只是爱 p146 /　梨花凉，梨花香 p159 /　你若不来，我怎敢老去？ p179 /　这一站的幸福 p191 /　思念是一汪蓝色的海 p203 /

第四章 那人正在灯火阑珊处 p215 /　樱花恋 p216 /　晚来秋 p227 /　野百合也有春天 p236 /　小桥深处枫叶红 p247 /　人间有爱是清欢 p258 /　问世间情为何物 p270 /

依然相爱，该有多好

第一章

人生
若
只如初见

初恋，是道明媚的忧伤

1

初恋是什么味道？是忐忑的欢喜，还是莫名的惆怅？

当周欣桐和陈子诺相互之间看到对方第一眼时，便产生了迷恋的情愫。

只是那时，他们那么年轻。周欣桐，十八岁的年纪，正是情窦初开的时候，爱情于他们只是一枚青涩的果子，而那年陈子诺也才十九岁。

但是周欣桐的身体却一点也不青涩，她是属于发育较早的孩子，不止有一头飘逸的长发，还有丰满的胸。那时的她，已像春天绽放的桃花，显得生动而鲜艳。

那是大一的后半学期，春天的花儿燃烧成一片梦幻的芬芳。天空飘着细细的雨丝，空气潮湿而清新。彼时穿着白衬衣、红格子裙的周欣桐，骑着她那辆粉红色的单车，飞驰在校园的林荫道上，泪在风里飞扬。她想，如果可以化作一阵风的话，会不会就能触摸到天堂里母亲的温暖？

周欣桐考入本市的一所大学，学校与她家仅隔了两条街道。想到刚刚回家吃饭时父亲带回来的那个女人，周欣桐的心就像忧伤的海洋。以前没了母亲还有父亲，那么以后呢？连父亲都要被人分走一半，此刻，周欣桐的泪水像断了线的珠子。

转弯时一根细小的树枝卷进了链条,周欣桐还没来得及反应,便连车带人一起倒在了地上。
膝盖的血殷殷往外冒,周欣桐顿时晕了过去,她从小就有晕血症。
醒来的时候,自己正躺在医院的床上,手背上扎着针在输液,而一个清瘦的高个子男生正忧心忡忡地看着门外。他有着长长的睫毛,深邃而略带忧郁的大眼睛,穿了件宽大的白衬衣,脸在沉思的安静里有着让人心生安宁的力量。

她挪动着身子发出细微的声响。
你醒了?他腼腆地看了她一眼,一边大声地呼唤着医生,一边叮嘱着她,别乱动,刚才缝合的伤口,小心会再出血。
他不说还好,他一说她才意识到膝盖上火辣辣地痛,眼泪簌簌就又掉了下来。
他见她哭,一下就慌了。你别哭呀!他焦急地说。

一边细声安慰,一边慌忙去掏口袋里的纸巾,小心翼翼地抹去她眼角的泪。她觉得他的动作那么轻柔,那么温暖。多久没有人这么温柔地对自己了?她的泪更密了!
他安慰地拍拍她的肩膀,别哭!只是缝了几针,再说伤口在腿上没什么要紧的。
顿了顿,他接着说,正巧你阿姨来电话,我说了你的情况,她听说后过来了，现在正帮你缴费取药呢。

为何要联系那个女人？她突然情绪激动地大声咆哮，一脸愤怒地瞪着他。
他的眼里充满疑惑，一脸尴尬地立在那里不知所措。病房顿时陷入了让人窒息的安静。
她突然意识到，这只是她家里的事情，她没有理由更没有权利这样冲他发脾气。她努力蓄住汹涌的泪，慢慢恢复了平静，用几乎细到听不见的声音低声跟他道歉。
对不起！她说。

他露出温和的笑容摇着头说，没关系。
是你送我来的医院？她小心翼翼地问。
他轻轻点点头，那时你晕过去了，我自作主张送你来了医院，还好你的手机没摔坏。

她神情戚戚地说，我很小的时候妈妈就去世了，那个阿姨即将取代妈妈的位置，我不喜欢她！

我懂，我都懂！他的眼里有一闪而过的痛。随后伸出白皙而修长的手指，轻轻理着她额前的刘海，一脸心疼地说，傻孩子，好好睡一觉吧，别乱想了！

傻孩子？她笑了，那是妈妈最爱的称呼，父亲以前也经常这样叫她。只是忘了从什么时候起就叫得少了。

或许是从她一次次刁难父亲的相亲对象开始的吧，她的泪一滴一滴又落了下来。她不想让他看到她的脆弱和难过，便侧过头装睡。静静地躺了几分钟，她仿佛自言自语，我是物理系的，我叫周欣桐。
他说，睡吧！我知道，你课本上有你的名字和学校。

也许是药物的作用，她竟然真的睡着了。

2
再次醒来时，他不知道去了哪里。找不到他，她的眼神空洞而茫然。

以后还能再遇见他吗？她想。
她甚至不知道他的名字，在四千多师生的学校如若只是靠偶遇，要遇到他的概率太小了。

她感到焦虑和烦躁。一脸愤恨地指着在病床前替她削苹果的阿姨，对父亲喊着，让她出去，我不想见到她。
父亲用哀伤而悲凉的眼神看了她一眼，幽幽地问着，桐儿，你想让父亲一辈子一个人吗？

情绪瞬间失落到极点，她像一头受伤的小兽。
父亲沉默着走出病房，背对着窗户抽烟，一支接着一支。她看见窗户外面缭绕着蓝色的烟雾，瞬间便扩散成袅袅的凌乱，她的心也跟着那些烟雾一起凌乱。

她是一个没有母亲的孩子，她不能再失去父亲。

父亲再进来的时候眼圈红红的，她突然发现父亲头上已添了不少白发，她的鼻子一酸，眼睛又模糊了。

恍惚中，看到病房门口有个提着水果的人影那么像他。她以为自己眼花了，使劲拿手揉了揉，再看，果真是他。

她感觉像抓住了一根救命稻草，呜呜地大哭起来。

父亲见她哭得厉害，深深地叹了口气，你别哭了！我不结婚就是了。

这时他走了进来，把水果小心放在她的床头。

就是你送我女儿来医院的吧？小伙子，谢谢你！父亲真诚地给他鞠躬道谢。

他被吓了一跳，红着脸说，伯父，不用客气，我和欣桐在一个学校，我高她一级且在同一个系，我叫陈子诺。

他用担忧的眼神看着她，她看着他的眼神，突然就不哭了，她觉得自己的世界突然就不那么逼仄凄惨。

她侧脸看向窗外，樱花已烂漫成一片缤纷的花海，这样的春天真美啊！她笑了，一边擦干眼泪一边平静地对父亲说，不！你结你的，我想通了。

父亲再说什么，她并没听进去，她只沉浸在自己的遐想里。

陈子诺，多好听的名字啊！

她不想在他面前当一个任性的孩子。她想,既使没了父亲,可她还有他。

三天后她就出院了,尽管腿上缠着纱布,走路还有些吃力。可出院后的第一件事情,便是去大二物理系的男生宿舍找陈子诺。

当她一瘸一拐地走进男生宿舍时,引来很多男孩子的侧目。她不知道哪来那么大的勇气,固执地一间宿舍一间宿舍地问着,你们宿舍有没有一个叫陈子诺的同学?
她就那样痴痴傻傻地问着,眼看着整个物理系的宿舍都快被她问遍了,也没找到那个清瘦的陈子诺。
她急得眼泪都快出来了,如何才能找到他呢?很快四天过去了,她依然没找到他。

第五天的时候,她仍不死心,一脸茫然地坐在物理系宿舍楼前的小广场上发呆。这时她突然看见陈子诺远远地从林荫道上走了过来。
她看到是他,惊得一下跳了起来,结果却忘记了自己的腿伤而痛得龇牙咧嘴,她大声地喊着陈子诺。

陈子诺一抬眼发现是她,便快步跑了过来。他依旧穿着白衬衫,空中有徐徐的风吹过,他的白衬衣像鼓起的帆。
她见到他,却一时又不知道要说什么,只觉得小广场上乱哄哄的一片,还有一些同学好奇打量的目光,沉默了半天终于挤出一句,你知道我找了你五天吗?说完眼圈便红了。

他看着她微红的眼圈和还有点瘸的腿，轻轻拽了她的胳膊微微地皱着眉头，傻孩子，你怎么不多休息几天？我以为你不会这么早出院，可是缝了七针呢。
她的眼睛更红了，她低着头，不再说话。

陈子诺，这是你的女人？很有福气，不错嘛！身旁传来认识他的男生的调笑声和起哄声。

他的脸突然涨红了，别扭地怔怔看了她一眼，低着头轻声说，明天黄昏后，我们在小树林的梨树下见吧！说完转身跑了。

3
小树林？那个情侣们经常约会的小树林？
她的脸突然就红了，心却像涨满的帆，他认为他们是情侣吗？

她开始挑裙子，粉的、白的、绿的，好像哪一条都不好看。想来想去，最后却选了一条极鲜的红纱裙，大大的裙摆一直迤逦到脚面，上面缀满了黄色的小花。那是父亲今年从法国带给她的生日礼物，她一次也没有穿过。
不知道在哪里看过，男人喜欢妩媚而妖艳的女人。她想这样的裙子，应该会让陈子诺觉得惊艳吧？

她静静地站在开花的梨树下等他，长长的头发在和煦的春风里妖娆地跳舞，那是一幅绝美而生动的画。

远远地见陈子诺走了过来,她轻声地叫着他,果然他的眼里有莫名的惊喜。她看着他一步步走近,她的心开始狂热,她几乎是用乞求的声音颤抖着问他,你要我吗?陈子诺,我要做你的女人。

她以为陈子诺会被吓到,没想到陈子诺却一脸镇定地说,你这个傻孩子!你还只是孩子,不过却是一个让人心疼的孩子。
她固执地争辩着,不,我不是孩子。
他伸出手轻轻地把她搂进怀里。

他太瘦了,他的肩膀硌得她生痛。尽管这样的怀抱不如想象的温暖,可她还是微微扬起了白皙的脸,满脸固执地问,
陈子诺,你喜欢我吗?为什么不回答我的话?
喜欢,他幽幽地叹息着。

他怎么能不喜欢她呢?从见到晕倒时的她,便喜欢上了,感觉那时的她那么脆弱,那么苍白,那么需要保护……

那让我做你的女人吧!陈子诺!说完她像一条顽皮的鱼,轻轻地啄上了陈子诺的唇。
陈子诺红着脸微笑着,你看,我们还这么小,我会害了你的。
她说,不小了!你看我都十八了,十八就成年了,你看我的身材我的胸,从哪一点能看出来我还小?

陈子诺紧紧地把她搂进怀里，泪一串串流了下来，流进她粉白粉白的脖子里。他心疼地说，你这个傻孩子，你只是缺爱，太缺爱了！我也从小没了母亲，你的感觉我都懂。但是，不要因为缺爱随便去喜欢一个男生。

这次换到她哭，由最初的小声啜泣到后来的撕心裂肺。
他亦不去劝她，只由着她痛快淋漓地哭。
等到她哭够了，他拍着她的肩膀在她耳边呢喃，不要想着做个坏孩子！从明天开始，把这一切都忘了吧！
不，她说！
我不会忘记的。我要做你的女人，我也不是因为缺爱才喜欢上你的，她坚定地看着他的眼睛。

他无奈而艰难地说着，桐儿，我喜欢你，我真的很喜欢你！我们那么像，可是我觉得我配不上你，我真的配不上你！
她固执地去吻他。
我不管，你怎么就配不上我了？她捧着他的脸一脸期待地问。

陈子诺没有回答她的问题，只是宠溺地摸着她的头发长长地叹息着，桐儿，好桐儿，我们是没有未来的。没有未来，你懂吗？
她急了，你是不是不想要我，一直这样说？我不管，我只要你，说完嘤嘤地又哭了起来。

你怎么这样爱哭？他慌忙安慰着她。

好桐儿，你别哭了，我要你，我要你，还不成吗？他看着她的眼泪便没了主意。
她不理他，还是一直在哭。
他见她还不理自己，便主动去吻她……

他们的泪滴到了一起，他们在彼此的眼里莫名地芬芳着，张扬着。那样的黄昏真美啊！有鲜艳的红裙，青涩的少年……
四月的梨花开得很艳，是一种苍凉的艳，苍凉而绝望地忧伤着，却又拼命地灿烂着。

十八岁的女子，十九岁的少年，正是青春里迷茫而慌乱的年月，他们就那样纠缠在一起，相互取暖。

4
更多的时候，陈子诺就是一位宽厚的兄长。虽然只大周欣桐一岁，却处处宠着她，护着她。他们都是缺爱的孩子，他要把他的爱全部给她，给那个脆弱得令人心碎的小女生……

他们常常相约在学校的图书馆见面，要么就是在学校的小树林里，每次他都会提前准备她喜欢的零食，看着她开心微笑的模样，他就觉得很欣慰。
很多时候陈子诺会想，自己是不是疯了？为何要编这样一个谎？只因为不想被她父亲看轻？他明明只是学校图书馆一个临时工，为何遇到这个这么像自己的女孩子后，连原来一直坚持着不说谎的原则都被他抛掷到脑后了？那可是母亲生前一直教导的啊!

他是那么想接近她,本来上次在物理系宿舍楼前,他是有机会跟她说清楚的,可是他怕,他怕他说了她便不再理他,几次话到嘴边又咽了下去。他不知道,如果再也见不到她,会是什么样的绝望。甚至每次闭上眼睛的时候,眼前便会浮现出周欣桐那张好看而生动的脸。她就是一只善变的精灵,一会儿那么妖艳热烈,一会又那么脆弱纤柔,总之只一眼陷进去,便再也无法自拔了。

他常常看着校园里那些开得殷红灼烈的石榴花发呆。他觉得那么像他们的爱情,那么浓艳,那么热烈……

半年过去了,周欣桐的性格一天比一天开朗起来。一想到那个宽厚而温和的陈子诺,不自觉地微笑便浮上了脸庞。她甚至接受了父亲娶回家的那个女人,开始对她有礼貌地微笑,这样的变化让父亲倍感欣慰。

她对陈子诺的依赖也日甚一日,甚至到了一天见不到他便觉得心里发慌。起初她还跟陈子诺预约,可发展到后来,她便常常去物理系宿舍楼前的小广场上等他。可是除了约定好的时间,她一次也没等到他,这不仅让她心生疑惑。

可他总是有自己的解释。

纸终是包不住火的。那天学校图书馆新进了一批书,当她在图书馆门口看着汗流浃背的陈子诺,扛着大包小包的书往图书馆里搬的时候,她还以为他只是志愿者。

而他也看到了她，当他手无足措地站到她的面前，慌得不知道要说什么。
这时一个领导模样的工作人员看他在那里闲站着，不悦地冲他大喊着：小陈，还愣什么？今天下午搬不完这些书，这个月的奖金不想要啦？真不知道你们这些打工仔想做什么，没文化还不努力。

他的脸一下红成了猪肝色，尴尬而绝望地看了她一眼，唯唯诺诺地又去搬书了。
周欣桐一下子愣在了原地，她怎么也没想到那个一直把自己当宝的陈子诺会骗她，汹涌的泪水顿时滚滚而下。她冲着陈子诺忙碌的身影声嘶力竭地喊着"骗子"，然后转身一路狂奔起来。耳边有呼呼的风声，她感觉到心已快不是自己的，不知道跑了多久，终于体力不支，瘫倒在路边的长椅上呜呜地痛哭起来。

三天过去了，尽管每天都会疯了一样地想念陈子诺，可一想到他骗她的事实，她便觉得他是那样的不可原谅。她甚至一遍遍地在纸上写着他的名字，然后又一个个打着××，然后再加上大大的"骗子"。五天过去了，她已经没有那么恨他了，有时候也会幻想，也许是误会呢？陈子诺会来跟她解释吧？
然而一周过去了，陈子诺依然没来找她，她是那样想念他，她决定去找他。哪怕他给她一个理由，只要他愿意解释，她便会相信并且原谅他。然而当她去图书馆问时，工作人员说他一周前就辞了职，只留给她一封信。

周欣桐一字一句地读着那封信，泪水再次滚滚而下。尽管她知道了他不是有意骗她，也并不在意他是否是大学生，可是他却没有留下任何联系方式，就连以前的手机号都是空号。她是那样想念他，可是却不知道要到哪里去找他。他就像她生命里的一阵风，刮过了便是永远的失去，不能回头，没有印记，甚至连怀念都愈发的苍白起来！

很多年以后，她有了宽厚而暖心的丈夫，可是她还是常常会想起那年那个叫陈子诺的男孩子带给自己的温暖，那是她心底最明媚的忧伤。

那年，那月，那人

1

那年我们十八，都说十八岁的女孩子，就是一朵怎么开怎么好看的花。

但我不是，那时我只是一株狗尾巴草。剪着齐耳的短发，身高只有一米六，体重却有五十八公斤。因为父母是军人，从小便被当男孩子养，大家总叫我假小子。

像我这样的女子，落在西安外国语学院这样美女如云的校园里，实在是犹如一滴水落到了沙滩上，转眼便没了踪影。

而十八岁的白米，一米六六的身高，体重却只有五十五公斤。爱穿白衬衣和牛仔裤，留一头飘逸的长发，就像一朵含苞待放的栀子花，浑身都散发着一股清冽的香甜。

白米是我的死党兼闺蜜，我们从小一起长大，又相约一起考上西外，报了同一个专业。

每每和白米走在校园的林荫路上，总会引来众多男生的侧目，但我知道他们不是看我。他们的目光会轻飘飘地越过我的头顶，然后停留在白米的身上。他们看白米的目光既惊艳又热烈，仿佛在品一件精雕细琢的艺术品。

白米每每触及这样的目光，总会红了脸低下头轻轻地呸一声。然后悄悄地跟我说，娜娜，你看那些男生多无聊啊！

我微微笑着，谁让你生得这样美呢?

白米总会俏皮地瞟我一眼，娜娜，什么时候你也变坏了？会取笑我了？

我由衷地感叹着，你是真的，真的很美！

白米会朝我努努嘴巴，然后紧紧地挽住我的胳膊跟我撒娇。我知道她是不想让我感觉到失落。

其实她心里是极其开心的。十八岁的女子，哪一个不希望自己是一朵最漂亮的花儿？而十八岁的白米，也的确是一朵芬芳而诱人的花，我常常看着白米的美怅然若失。

虽然白米十分漂亮，但却从不张扬。这也是多年以来，我一直甘愿做陪衬红花的那片绿叶的最主要原因。

我和白米同级，却不在同一个班，更不在一个宿舍。

她在一班，我在二班；她喜欢跳舞，而我喜欢文学。平日里我总会写写画画，还有不少小诗在校刊上发表，在文学社里我也算得上小有才气。我们除了回归自己生活，其他的时间总喜欢腻在一起。

如果不是那天我们碰到乔墨然，并且同时爱上了乔墨然，我想我会和白米一生都好下去吧！

那是大二的春天，学校玉兰苑的白玉兰已开成一片耀眼的繁华。

我和白米相约了去照相。还没走近,远远地便看见大朵大朵的玉兰花灼烈地开着,繁茂得让人睁不开眼睛。那纯白洁静而清冽的美,让人觉得莫名的敬畏。

我仰起头,仔细端详着那些温婉雅致的白玉兰,只觉得春光静美如诗。

2
那天白米穿了一条翠绿色的连衣裙,俨然就是一个名门闺秀;而我则是白衬衣,牛仔裤,白球鞋的休闲打扮。

也许因为春天刚刚回暖,白米兴致出奇地高,不停地像燕子一样灵巧地穿行在一棵棵花树下变化着poss(姿势)让我抓拍。绿色的裙摆在微风的轻抚下,更像是盛开的喇叭花,而白米就是那朵喇叭花中盈盈而立的仙子。

这样的白米真美啊,我在白米的美丽里卑微而酸楚。
很快轮到她拍我了,我很随意地靠在一棵红玉兰树下,抱着双臂做着抬头看天的表情。

同学,脸的角度可以再侧一点吗?这样光线会更明亮,拍出来的效果会更好!
不远处突然传来一个举着相机的高大帅气男生的声音。我和白米都被吓了一跳,我微微侧过脸去看他,他便迅速地按了快门。

我心里一惊,急了!你怎么可以这样?没经过我的同意就拍了我?未免也太不懂得尊重人了吧？

他却微微地露出洁白的牙齿，一脸淡定地笑笑，肖娜，你先别跟我急，来看看你的照片再说。

我瞪了他一眼，你怎么知道我叫肖娜？

我把头凑过去看他相机里的画面。一张青春明媚的脸上，洋溢着浅淡而温暖的笑容。第一次觉得我也可以这样美，有点不相信地问他，

这是我吗？我有这么好看？

你不会一直很自卑吧？他好奇地瞪大了眼睛。

我叫乔墨然，意大利语系大三，你的学长。

你忘了？学校的《晨风》校刊上登有你的照片，我是你的粉丝。他一脸笑意地回答我。

慢慢的，我们和乔墨然便熟了。

他不只爱好摄影，还弹得一手好吉它，更是西外著名"云天户外活动社"的社长。高鼻梁，大眼睛，一米七八的身高，再配上古铜色的皮肤，周身散发出来的是一股浓郁的西方风情。

随着接触的不断增加，我惊奇地发现，乔墨然的身上仿佛充满了无穷的能量。不止意大利语流利，就连我和白米有时用西班牙语开玩笑，他也能听得懂。

周末，我们常常结伴参加户外活动。像我这种性格的女孩子，必是一马当先，每逢到达终点时，总能迎来乔墨然鼓励和赞许的目光，那时我感觉自己就是飘在天边的一朵云。

而生性娇柔的白米总是很容易掉队，很多时候我需要留下来帮助白米。这时乔墨然总是很man（男人）地说，你只管前进，放心地把白米交给我吧！我看到他眼里有鼓励的期许。

而白米也说，娜娜，不用管我，户外是你的优势，我这儿有乔墨然就行。

白米在说这句话时，脸上飞起了一抹红霞。微微低垂，分明就是一朵娇羞的水莲花，我的心里竟莫名其妙地闪过一丝慌乱。

不知何时，乔墨然已悄悄占据了我的心田，眼前总是不经意间便浮现出他的身影。我的诗歌里开始染上了浓浓的相思。我第一次开始嫉妒白米，因为我没有她的美貌。

以前我和白米空闲时八卦得最多是谁喜欢白米，而现在谈得最多的便是乔墨然。有时候我们会异口同声地说起乔墨然，当我们意识到失言之后，便又同时住口，然后想着各自的心事发呆。

转眼春天的花就谢了，而我们心里的花却开着，而且开得无比繁华且盛大。

有一次在山顶休息时，乔墨然递给我一瓶矿泉水，用灼灼的眼光看着我，低声而深情地说，娜娜，你不知道勇往直前的你有多美，我们好吧！

什么？我被刚喝进去的一口水呛到，一阵剧烈的咳嗽之后，眼里已是泪光点点。

第一次有男生说我美，是我喜欢的男生，而且要跟我好，这样的赞美和邀约是一种直击心脏的幸福。老天知道，一直以来，我为自己的不美有多么自卑！

我哈哈大笑，拍着乔墨然的肩膀说，哥们儿，你真幽默！可泪还是不由自主地流了下来，我慌忙背过身去，内心早已是一片窘迫的慌乱和潮湿。
当我再转过身时，乔墨然已转过身去拍照，我狐疑地看着他的背影，或许刚才只是我自己的一个错觉。

从那以后，白米看我的目光总是带了淡淡的疏离。
慢慢地，我和白米再也回不到形影不离的过去了。乔墨然成了我们各自心头守口如瓶的秘密，我和白米开始相对无言，然后便是各种各样的忙，忙到一个星期都没有时间见面。
我们还是会和乔墨然一起出行，在乔墨然面前，我和白米装作什么事情也没发生。
很长一段时间，乔墨然对我再无任何亲昵举动。
有时我常常会看着乔墨然的背影发呆。像他这样优秀的男生，怎么会看上我呢？他要喜欢也是白米那种类型的吧？
这样想时，心里便极端的失落，这让我更加坚定，那天只是自己的错觉。

3
大三的时候，乔墨然还是时常约我们出行，我和白米仍然在乔墨然面前演戏。

我对乔墨然的爱有增无减，闭上眼睛他的样子便能清晰浮现。
我想我是疯了！
为何我会这样无可救药地爱上一个不可能爱上我的男子？爱到连与白米多年

的友谊都有了隔阂?

我主动去找白米。我们在学校后面的小酒馆喝酒,我们都醉了。秋天的风已有些寒凉,白米抱着我哭得像个孩子,我们的泪水滴在了一起。
白米问,娜娜,为什么是他?而且偏偏是我们俩?如若是其他人,我一定不跟你争,可为什么偏偏是乔墨然?我是那样爱他啊!
我搂着白米的肩膀泪如雨下。
我又何尝不是一样?可我不能因为一个男子,而失去了我多年的姐妹。
我伏在白米的肩膀上说,我们谁都不要,我们回到从前,好不好?
白米哽咽着点点头,我们抱在一起哭得肝肠寸断。
我和白米又恢复了以往的交情,谁也不再去提乔墨然,但是我知道有些伤是暗伤,在心底,且无药可医。

从那以后,乔墨然再来找我时,我刻意回避。
有几回他在宿舍楼下大声喊我,我悄悄趴在窗户边看到是他,便让宿舍的姐妹说我不在。看着他失落而孤单的背影,我的泪不由自主地淌了下来。有些人或许遇见就注定是一场错误,尽管我是那么爱他,可为了我和白米的约定,我不能。

半个月后一个雨后的黄昏,白米来找我,身后跟了乔墨然。看着白米神采飞扬的表情,我心里一紧,刹那间有一种不祥的预感。
果不其然,白米红着脸跟我说,娜娜,对不起!我跟乔墨然好了!

我仿佛被电击了一般，半天不能动弹，心里犹如万枚钢针在扎，那一刻没人能够体会我心底的痛。

白米看我恍神，轻轻地拉了拉我的手，我才从僵硬中苏醒过来。

我咬住牙齿努力地挤出一丝微笑，冲过去一把抱住白米，泪就落在了她的肩膀上。我把头埋在她的肩上，半天抬起头哈哈大笑着说，这样很好，真的很好呀！我们人见人爱的米米，已经名花有主了，我太激动了，激动得想哭！

我一边擦眼泪，一边激动地大声说着，心却痛得仿佛要裂开了一般。

乔墨然一脸微笑地看着我说，肖娜，南山的枫叶红了，下周我们一起去吧！

我垂下眼睛微微点点头。

送走了白米和乔墨然，看着他们在暮色里远去的背影，心酸的泪又一颗颗地滚了下来，心瞬间被人掏空了。回到宿舍再也抑制不住自己的情绪，蒙住被子痛痛快快地大哭了一场。

第二天我约了齐皓，让他充当我一天的男朋友，周末一起去赏南山的红叶。我听到齐皓在电话里开心得像个孩子。我知道他喜欢我，一直知道，而我只是在装傻。

当我和齐皓手挽着手到达集合的北门时，白米和乔墨然有点不相信地瞪大了眼睛。

这是？白米诧异地问。

乔墨然更是死死地看着我，仿佛要看进我的心里。

我冲白米和乔墨然微微一笑，我来介绍，这是我男朋友，法语系的齐皓！

不知道为什么，我发现乔墨然的眼神迅速地暗了下去，古铜色的皮肤显得更加黝黑而暗沉，一路上乔墨然和白米都异常沉默。

而我则在齐皓关照有加的嘘寒问暖里张扬地笑着。我和齐皓俨然就是一对热恋中的情侣，我和他眉来眼去地公开调情。
齐皓心痛地握紧了我的手，我不动生色地悄然抽出，齐皓的眼里有淡淡的忧伤，可他还是一直陪我演这场戏。

南山的红叶红得就像一团火，而我却被心中的那团火焰灼伤。大家都看得见我夸张而灿烂的表情，没有人能懂我那哭泣滴血的心。
是的，没有人，我的世界只是一片殷红的凌乱。

4
从南山回来，乔墨然不再来找我。
我和白米又恢复了往日的疏离。她来宿舍找了我几次，我和她客气得像刚认识一样。我冷冷地看着她，这样的女子，我再不信她。

有时在学校会碰到乔墨然，他只是远远地安静地看着我，而我会大声地跟他打招呼。不知道为什么，我总觉得他看我的眼神里，有浓浓的雾色和哀愁。
偶尔他会漫不经心地问，跟你男朋友如何了？
我笑得一脸阳光，很好呀！他对我很好。
你和白米呢？我反问。

乔墨然只是微微地点点头，还好，一切都好！说完便转过身去慢慢地低着头走了。

我是那样爱他，只可惜他不知道，而且也不能让他知道，因为他是我最好姐妹的男朋友。虽然白米背弃了我们的约定，虽然我不再信她，可这并不影响我在心底还是把她当成最好的姐妹。人的一生，能够有几个十年陪伴的朋友？

看着乔墨然远去的背影，我的心里有五味杂陈的惆怅。
冬天怎么来得这么早？树上已光秃秃的没有一片树叶。看着这冷瑟的寒冬，一些汹涌的痛楚总会在心底剧烈地升腾。
第二年春天，乔墨然因为实习出国了，没有乔墨然的周末，似乎总少了一些生趣，日子愈发地长了。我继续坚持参加周末的户外活动，常常想起乔墨然，想起他一脸期许的鼓励，想起那些永远逝去的快乐时光。
我像一只作茧自缚的蚕，一次次用一些回忆的丝线，把自己缠绕在当中，逃不掉也挣不开。

一天，收到一个来自国外的快递。谁会寄东西给我？
会是乔墨然吗？还未打开心便突突地跳了起来，连手心都紧张得渗出了密密的汗珠。

当我颤抖着终于拆开的时候，一张明信片瞬间跌落了下来。看到第一眼，泪便涌了出来，我蹲在地上抱着明信片号啕大哭！

那是一张乔墨然在意大利的近照。他把我们初次见面时帮我拍的照片，跟他的拼到一起做成了明信片的封面，封面上的我们看起来那么般配。
明信片的背后附有一行小字：肖娜，我爱你！一直喜欢你的诗歌，其实我早在你的诗里种下了情根。从第一次见到你，我就被你的率真和勇敢吸引，虽然知道你并不爱我，但是我还是想告诉你！祝你幸福，永远！

我拿着明信片哭着去找白米，声嘶力竭地问白米，为什么？
白米看着满脸泪痕的我泣不成声地道出了实情。原来我一直不肯再见乔墨然，他便去找白米表达了对我的爱意。白米想到了我们的约定，更是为了自己的私心，所以主动导演了这场戏，因为她了解我的性格。

而最终，我和乔墨然只能在这样的误会里走远。我恨白米的自私，我决绝地把她从我的人生里剔除。我终于明白，在爱情面前，人人都是自私的。
我疯了似的按照明信片上的地址去联系乔墨然，可是此后再也找不到一点乔墨然的消息。

很多年以后，我还会常常摸着乔墨然寄来的明信片。只是十八岁的故事，终归只是一朵陨落在风尘里的花骨朵，还没来得及盛开，便早早地谢了幕！

尘埃里的爱情花

1

夏陌荷终于鼓起勇气,给林幕染的QQ里留言:我于明天下午两点,在染七的老地方等你。

尽管陌荷不知道林幕染会不会赴约,她还是为了这次约会精心地准备着。
先是去李南造型把一头清汤挂面的直发烫成了妩媚而妖娆的波浪大卷,因为林幕染喜欢;紧接着去秋水伊人细心挑选了一条黑色的蕾丝暗花连衣裙,还是因为林幕染喜欢。
因为林幕染曾经说过,妖艳而妩媚的女子,最动人心;可林幕染还说过,我喜欢你,你就是最好的。
只是那好像是一年前的事情了。那个时候,她和林幕染还花开正好,情到浓处。

林幕染是艺术系的高材生,画的一手好油画。
林幕染曾经不止一次邀请陌荷做他的人体模特,都被陌荷拒绝了,这是陌荷的底线。而林幕染则觉得陌荷过于保守,他们常常因此不欢而散。

只因为林幕染喜欢?陌荷在心底悠悠地叹息一声。一路走来仅因为他的喜欢，自己又改变了多少？

望着满柜子里江南布衣的棉麻衣裙，轻轻抚摸着那身自己特别喜欢的名为荷韵墨香的套装，陌荷最终还是决定放弃了。

为什么自己和幕染之间爱得这样辛苦？

爱情明明是两情相悦的事情，可为了这份感情，自己总是刻意在讨好林幕染。这样的陌荷，连她自己也觉得陌生。她明知道这样不对，可深陷在这样的感情旋涡之中，却又身不由己。

陌荷黯然地看着镜子里妖娆妩媚的自己，一时间竟然觉得陌生而疏离，最终还是从那套棉麻衣裙上取下了那条缀着荷叶的白底绿叶围巾，轻轻地绕在了脖间。陌荷抚摸着从脖间低垂下来的荷叶围巾，怅然若失地在梳妆台前精心打扮起来。

不管怎样，为了挽回这份温度降低到零点的爱，自己已经是低到尘埃里去了。

从一个月前开始，林幕染再也不找陌荷了，他仿佛就像一只旋转的陀螺，总是各种各样的忙。好像全世界的事情，都让他一个人做了似的。哪有同在一个城市，两个月也见不了一次面的恋人？

陌荷深深地叹了口气，心如鹿撞地等着林幕染出现。当初自己和林幕染发现这个咖啡厅的名字暗合了幕染的染字，那是何等的欢喜？自此，染七也成为他们约会的固定场所。

大三时，一起约会的人数增加到四个。苏沫儿是陌荷的室友兼死党，而向南则是幕染的哥们儿。尽管向南和幕染一样高大惹眼，但向南总是沉默寡言，而幕染的世界仿佛一刻都不能安静下来。

幕染有时会开沫儿和向南的玩笑，沫儿只是红着脸佯装着追打幕染；而陌荷只微笑着看他们嬉闹。

环顾着染七咖啡厅里熟悉的环境，昔日里那些浪漫而温馨的记忆，一次次在陌荷的脑海里翻腾。不说春光烂漫，染柳烟浓时的踏青赏景，单只是这么一个小小的咖啡厅，便有数不清的记忆，而如今只落得形单影只的孤离。
看着窗外在秋风里纷纷坠落的梧桐叶，一份悲怆的凄凉，瞬间便把陌荷深深地包裹起来。

陌荷看着林幕染永远在线的QQ头像，却等不到他的回复，不由得深深地叹了口气。
QQ里向南的头像闪烁着：陌荷，你在哪里？在染七吗？我们很久没聚了，我来找你们吧！
陌荷并没回信息，烦乱地关了QQ，顺手便把手机搁到宽大的藤椅上。

豆大的泪珠不由自主地顺着眼角滑落，陌荷倔强地抬起头，因为不知听谁说过，想流泪时，你便抬头看天。人前有泪不轻弹，自是未到伤心处。
啪的一声，一滴眼泪不偏不倚地滴到了面前的咖啡里，陌荷只得慌乱地低下了头。微凉的咖啡，早已结了一层薄薄的釉泽，如今只被一滴眼泪，便逼得波澜四起。
饱经情爱煎熬的心，亦何尝不是如此？
秋凉如水，这世间的凉薄，果然最凉不过人心。陌荷从中午独自坐到黄昏，窗外的梧桐雨，淅淅沥沥地滴到陌荷的心间。

原本满怀希望的喜悦,一点点地暗下去,再暗下去……

陌荷终于不再奢望,结了账漫无目地走进雨中。

2
没想到北方暮雨里的寒凉,丝毫不逊于冬季。一股扑面而来的冷瑟,激得陌荷在冷雨里不由自主地颤抖起来。看着自己为了一份无法挽留的爱情,狼狈到如此地步,陌荷再也无法自持,蹲到雨地里伤心地哭了起来。
她撕心裂肺地哭着,不记得哭了多久,仿佛一切的委屈和不甘,都会被这冰冷的雨水冲刷掉。

当她终于停止了抽泣而安静下来的时候,才发现自己的头顶上,不知什么时候多了一把伞。
陌荷心里一喜,一定是幕染来了!这次一定好好跟他沟通,再也不要闹别扭了,她想。

她顾不得自己的形象有多狼狈,激动地站起来,一转身紧紧地抱住了身后的男子。她抱得那样紧,仿佛一松手她的幕染就会从空气中蒸发掉一般;仿佛自己就是一个濒临溺亡的人,而怀里抱着的这个人,就是自己最后的那根救命稻草。

向南心疼地抱着怀里这个既傲娇,而又让人充满怜惜的女子。这些年来他一直默默地跟在她的身后,就算不能做她的爱人,哪怕在她需要的时候,给她一个拥抱,他都觉得很欣慰。

陌荷呢喃地细语着,幕染,你终于来了!

幕染,你知道我有多想你吗?

幕染……

向南的身子一僵。

他很想张口解释,陌荷,你看清楚,我是向南。

他还想说,为何你的眼里只有林幕染?为何你就不能转回头,看看那个一直默默跟在你身后的人?

可是这一刻,向南什么也没说,只是任陌荷紧紧地抱着,痛快淋漓地哭泣。人道世情苦,莫过相思苦。如今佳人在怀,自己却心意难诉,尽管他的心也在哭泣,可还是轻轻地拍打着陌荷的肩膀,任她尽情地释放着自己的情绪。

向南忽然觉得身子一轻,陌荷已离开了他的怀抱。伴随而来的是林幕染冷酷而鄙视的嘲笑。

夏陌荷,你抱着我的好兄弟说爱我?如此正好,我们分手吧!

陌荷脑子嗡的一下,迷茫地睁开红肿而酸涩的眼睛,对上的是林幕染那冷到没有一点温度的眼神。

她有点站立不稳地看了看四周,这才清醒过来。原来刚才为自己撑伞的竟然是向南,而自己却因为恍惚和光线暗淡,而错当成了幕染。

分手?陌荷的身子一颤,险些摔了下去,却又摇摇晃晃地站稳了,心瞬间就跌进了谷底。

向南伸出手想要扶住陌荷，却被陌荷生硬地推开了。

陌荷满腔的希望，瞬间便被林幕染这几句话击得粉碎，泪一串串落了下来。可她不想失去他，她是那么爱他啊！她只想留住他，只要能留住他，让她做什么都愿意。于是她放下了所有的自尊和骄傲，拉着林幕染的衣袖，低声地哀求。

幕染，不是你想的那个样子。我跟向南，只是一个误会，你听我解释，你听我解释，好吗？

林幕染冷冷地推着陌荷，不用了，我们之间就到此为止吧！

不！陌荷绝望地尖叫着，一下子扑进了林幕染的怀里，把林幕染紧紧地抱住，轻声地在他耳边呢喃着，幕染，别离开我，你不喜欢的我都改，好不好？

你看看我今天的样子，是不是你喜欢的类型？

幕染试着推开陌荷紧贴的身子，可是她抱得那样紧。

他见推不动，便只能任她抱着，生涩而艰难地跟她说道，

陌荷，一切都太晚了，我们回不去了。如今有人照顾你，我也可以放心地走了！

不！陌荷绝望地摇着头，幕染，你要去哪里？

我只要你，我只要你！你知道吗？陌荷痛苦地哭诉道，我们之间那么多美好的时光，难道你都忘了吗？我不让你走！陌荷把林幕染抱得更紧了。

其实相恋初期,他们之间是那么默契,默契到只需要一个眼神,彼此的想法便可心领神会。可后来就不知道怎么了,也许因为他们都骄傲而倔强,他们常常会因为一些小事情闹到不可开交。
但是陌荷一直觉得,她和幕染就像鱼儿离不开水一样,是谁也离不开谁的。可如今幕染却要离开,她一下子便慌了!

3
夏陌荷,你别自欺欺人了好不好?你和幕染再也回不去了!

陌荷还没来得及抬起头来,已被人拽住胳膊拖离了林幕染的怀抱。
陌荷看着拽住自己胳膊的室友兼好姐妹苏沫儿,颤抖着问,幕染,沫儿说什么?……你和沫儿?
林幕染把脸转向了别处。
陌荷绝望地后退了一步,
这不是真的!
你告诉我,这不是真的!只要你说我就原谅你!你说呀,陌荷失魂落魄地拽着幕染的胳膊,满脸泪痕地期待着她想要的答案。

苏沫儿花枝乱颤地大笑起来,直笑到满脸泪痕,
夏陌荷,我们好歹姐妹一场,如今我也不瞒你!
其实从大三起,你跟我分享你和幕染春游的照片时,我就爱上幕染了!幕染那么优秀,哪个女子不喜欢呢?可是那时他的眼里一直只有你,所以我跟你

做了好姐妹！我每天听着你说幕染如何如何的好，你知道我天天跟在你们身后，像一个傻傻的电灯泡一样，那是什么滋味吗？尽管每天心痛到窒息，可是只为了多看他一眼。

你应该很清楚，我这三年写了多少日记？我那十本日记里，记录的都是看着你们幸福甜蜜时，我是如何的痛楚和心酸。爱上一个人，那真是没办法的事情！你可以为他低到尘埃里去吗？你不能！你还活在你的世界里，你有你的骄傲和芬芳。我亲眼看到你和他之间，为了一点小小的自尊而闹别扭。而我，就是那朵低到尘埃里的茉莉花，我只愿为幕染开放！只要幕染开心，我做什么都行，你能吗？你能吗？

陌荷轻轻地抚摸着身上的蕾丝连衣裙，哑然地笑了！纵有千言万语，而在这一刻都化为满眼绝望的灰烬……

向南再也无法控制自己的愤怒，冲上去狠狠地给了林幕染一拳。
这一拳我是替陌荷打的。你知道她那样爱你，为何还要如此伤害她？从此你们互不相欠。
没等林幕染回过神来，他又狠狠地补了一拳。
这一拳是替我打的，我也爱陌荷，可因为你是我兄弟，我选择了成全。今天碰巧去染七时捡到陌荷的手机，原本是给她送手机的。可现在，既然你不懂珍惜，那么以后我可以放心追陌荷了！

苏沫儿一面急急地去替林幕染擦鼻血，一面愤怒地呵斥着向南，
你疯了！为了一个女人，向你最好的兄弟出手？

向南轻蔑地看了一眼苏沫儿,你最好闭嘴,质问我,你不配!

陌荷惨白地笑了,转身在凄冷的夜里跌跌撞撞地奔跑起来。
一个是同室里最好的姐妹;一个是追了自己一年,相恋两年八个月的男友。
她曾以为她是她一辈子的姐妹;而他则是她一生的唯一……
而她现在唯一能做的,就是微笑,然后转身。

4
两个月后,林幕染在新西兰跟苏沫儿结了婚;七个月后,听说他们有了自己的孩子;两年后,听说他们离了婚。

向南的家族在当地本就很有威望,毕业后开始打理自己的家族生意。他的生活重心除了工作之外,便是变着戏法哄陌荷开心。
而陌荷则留在了这个生养自己的城市,在一所中学做了一名语文老师。她依然一成不变地穿着江南布衣的棉麻衣裙,偶尔也会去染七喝杯咖啡独坐一会儿。

三年后林幕染回国,有了新西兰的留学经历,林幕染的画很快在国内打出名气。
而陌荷则在这一年成为了向南的女朋友。

向南已第五次向陌荷求婚了,每次陌荷都只是沉默。尽管向南每次都很失望，但是丝毫没有责怪陌荷的意思，反而对陌荷更好了。

陌荷心里不是没有感动，只是面对这样全心全意呵护自己的男子，她在自己的心没完全交给他之前，不想去敷衍他。

因为感情的世界，来不得半点敷衍。

有一次陌荷和向南在染七碰到了林幕染。他的身后跟着一个衣饰简单，容貌清秀，穿着棉麻衣裙的女子。陌荷微笑着跟林幕染打了招呼，半真半假地跟林幕染开着玩笑，

什么时候，林大画家的口味也变了？

林幕染温和地笑了笑，露出一口洁白的牙齿，就像当年他们初见时一样。

陌荷有那么一丝恍惚，以为自己会心痛到心碎。可是那一刻她发现，她跟碰到一个初识的朋友没有任何区别。

临走的时候，陌荷自然地挽起了向南的手。

林幕染跟向南又恢复了哥们儿交情。只是他和陌荷之间，再无半句多余的话语。有关当年的一切，他们都仿佛提前约定了一样，闭口不提。

有时候陌荷忍不住会想：她和沫儿、幕染、向南之间又是怎么样的一场闹剧？

难道一切都只应了纳兰的"人生若只如初见"？

那些青春葱郁的年月，他们之间又经历了感情世界里怎样的兵荒马乱？一切都恍如昨日，然而时间却是最好的良药，有些人注定只是生命里的过客……

窗台上的栀子花又开了，当向南再一次拿着钻戒向陌荷求婚的时候，陌荷终于点了头。

向南激动地抱住了陌荷：我终于等到这一天了！

泪水无声地落在陌荷的颈部，陌荷轻轻地拍着向南的肩膀，沙哑地问，

向南，你看我都二十八岁了，还是老穿着棉麻衣裙，你身边有那么多妖娆的女子，你不觉得我很老土吗？

向南深情地迎着陌荷的眼睛，

傻瓜，我就要这样的你。真正的爱情，是不需要为了所爱的人去改变。如果我们都能保留最初的样子，人生才能如初见般美好。我爱你，不是需要你去为我而改变，而只想你能保留最真的你，此生足矣！

结婚的前一夜，陌荷接到一个陌生号码打来的电话。

陌荷听到听筒那一头是林幕染低沉的嗓音，林幕染仿佛喝了很多酒，在电话里大声地跟陌荷说着，对不起！

其实，当年和你吵架，是因为醉酒后便和沫儿……

喂，喂，你说什么？你能不能再大声一点？信号不好，我听不见！

如此反复地喂了几声，陌荷挂了电话。

当年的事早已随风而去。不管什么原因，很多人一别便是经年；而很多情，也会随着时光慢慢消散。

并不是所有低到尘埃里的爱情，都能开出花来！

犹记年少春衫薄

1

犹记年少春衫薄，岁月婉转月夜心。

每个人的一生，或许不止遇到一份爱情，然而豆蔻年华的十八岁却永远只有一次。那些匆匆的像水一样的年华，纯真而又唯美。那个时候，我们总是喜欢说永远，只是永远到底有多远？

如果说唐幼薇是一棵开花的树，她把自己最美最灿烂的年华，都盛开在了林皓远的世界里。只是她不知道，有些情一旦错过，便不可能回到当初。

当唐幼薇到A大报到时，一场突至的暴雨把她淋成了落汤鸡。天气预报明明说A市是晴天，幼薇一边埋怨着不准确的天气预报，一边尴尬着自己的处境。

身上白色的连衣裙早已让雨淋透，尴尬地裹在她凹凸有致的身体上，如曝光天；本来一头乌黑亮丽的飘飘长发，此时却一缕一缕粘在头上，这让唐幼薇恨不得找个地缝钻进去。如此窘迫的局面，却仍然掩盖不住她清秀而娇美的容颜。

而那时穿着A大校服的林皓远，打着一把深蓝色的雨伞，风度翩翩地立在学校门口。唐幼薇看着他校服外套上那醒目的学校标识，仿佛一下子抓住了救命稻草，毫不犹豫地钻进了伞下，红着脸结结巴巴地说，同学，能不能，能不能把你的外套借我穿一下？

幼薇忐忑不安地等待着，她觉得好像过了很久。身上一热，一件带着体温的宽大外套，瞬间遮住了让人尴尬的身躯，幼薇投去感激的一瞥，刹那幼薇觉得自己就是一条濒临窒息而获救的鱼。

再仔细打量身边这个男子时，幼薇只觉得心里一紧，整颗心便怦怦地乱跳起来。世间竟有如此俊秀的男子，眼光清澈得就像一潭清水，于清冷的凛冽里却又透着一些莫名的温暖。总之那是一种很奇特的感觉，她自己也说不清楚。

和他并肩走在已是秋天的校园里，一些纷飞的树叶，在早秋的风里翩然起舞，像极了此刻幼薇纷飞的思绪。

2
学校15级的迎新舞会上，林皓远做为学生会主席，自然是舞会焦点。皮肤白皙，一米八一的林皓远，清澈而迷人的笑容，在黑西服白衬衫的映衬下，就是童话里走来的王子。他不只舞跳得好，钢琴弹得也是一级棒！自那一刻，幼薇的心便跟着林皓远在移动。

舞会如此喧闹，而幼薇竟然觉得世界如此安静，安静到她可以听见自己的心跳，热烈得就像一朵灼灼盛开的红玫瑰。

她确定，她爱上了这个叫林皓远的男孩子，从看到的第一眼。

看着林皓远身边众星捧月般地围着一些漂亮的女孩子，幼薇便觉得心里酸酸的，有一种想流泪的冲动。

特别是一个叫余素兰的女孩，那高贵的气质和优雅的着装，晃得幼薇睁不开眼睛。据说她是著名的余氏集团的千金。

幼薇只能远远坐在角落里，看着那些妖娆妙曼的女孩子，心一寸寸地暗了下去，再暗下去。

那些女孩，每一个都是一朵妖娆的花儿，而她只是一株没有春天的狗尾巴草！唯一一件像样的衣服，便是开学穿的那条连衣裙。靠卖菜维持一家生计的母亲，还有一个瘫痪在床的父亲，那是怎样的绝望和自卑？

临到学生自由舞会，女生的目光都在林皓远身上，余素兰更是带着一脸迷人的微笑，含情脉脉地看向林皓远。

林皓远却走到幼薇的面前，伸出了修长而白皙的手，弯着腰微笑着问道，可以赏脸跳支舞吗？

幼薇的心扑通扑通地跳起来，脸一下红到脖子根，一边后退一边慌乱地摆着手。

不！不！她说。

林皓远的脸瞬间铁青，这样公开被女孩子拒绝可是头一回。不说自己家里略有薄产，就凭他出色的才情，哪一个女孩子不想抢着与他跳第一支舞？唐幼薇，你凭什么？

强烈的自尊让他慢慢收回铁青的脸，努力挤出一丝微笑，你还当真？我只是试一下看你是不是会动而已……

礼堂里顿时响起了哄笑声,还夹杂着幸灾乐祸的唏嘘和飞扬的口哨声。

刚才还在幸福的云端,瞬间便又坠入无边的黑暗,这对幼薇来说是莫大的耻辱。
她倔强地抬起头,努力不让眼泪流下来,可不争气的泪还是一颗一颗地掉了下来。她疯了似的在学校的操场上跑了一圈又一圈,眼泪在秋风中飞扬,她感觉自己的心一瓣瓣地被撕裂着。

3
尽管他曾那样对她,可幼薇还是不由自主地关注着林皓远的一切。

爱情很多时候,就是没有道理可讲的。十八岁的相思,妙曼而又单纯,就像春天里疯长的野草,一点一点地爬满了幼薇的心。
系里不乏追求幼薇的男孩子,可在她的眼里,谁也比不上林皓远。家里有着上市公司的苏铭枫,从开学第一周起就一天一封情书、一束鲜花地送着,就是这样也没能打动幼薇的芳心。
她的心那样小,小到早就被那个叫作林皓远的男孩子填满了,找不到一点空隙来装下另外一个人。

幼薇总是无时无刻不在关注林皓远的消息。比如说他什么时候又拿了全额奖学金,再比如说某某会在楼道等他下课……
而她只能远远地看着他,看着他那张生动的笑脸,然后在心如刀绞的痛楚里一次次泪流满面。
她不敢去表白,更不愿意去解释,她的拒绝是因为自己不会跳舞,强烈的自尊和自卑同时压抑着幼薇。他是众女生心中的偶像,她与他之间差得又岂止是南极与北极的距离?

而林皓远又何尝不是一样的骄傲?虽然第一眼就喜欢上了这个朴素而又清纯的女孩子,可是那天的跳舞插曲,让他怎么也拉不下脸去找她。
自从那天去接新生,却接到那个湿漉漉而又娇小的身躯。那一刻他的心如鹿撞,紧张得都不记得问新学妹的名字。很多次想去找她,却又不知从何找起。
他总不能跟管理员说,你帮我叫一下×××吧?直到那一天在迎新舞会上再次遇见她,他总算打听到她的名字,终于鼓起勇气请她跳舞,却没想到她当着那么多人拒绝了他。

4
很快新学期过了一半,幼薇在苦苦的相思里日渐消瘦。每夜梦里都有林皓远的影子,她看见他在对她微笑,那清澈而明亮的眼神竟然是那么的温暖。可醒来后只能睁着眼睛,在辗转反侧里直到天明……

幼薇终于病倒了,发了高烧,在梦呓里竟然失声叫出了林皓远的名字。一会儿嚷嚷着"对不起，我不会跳舞"；一会儿又低声喃喃着"林皓远，皓远，我爱你"！有好事的姐妹便把这一消息传了出去。
两天后林皓远听到这个消息，竟然一反平常的沉默，大声地欢呼起来。
他几乎小跑着去买了水果和一堆药直接送到幼薇的宿舍。

她挣扎着坐了起来，就那样怔怔地看着他。自己日思夜想的那个人就在她的身边，然而她却一句话也说不出来。
他轻轻地握住她的手，用一种几近呢喃的语气说，幼薇，我也爱你，一直爱你！你愿意做我的女朋友吗？
她羞涩地低下头，眼泪一串串就落了下来。那些晶莹透亮的珠子，砸得他的心生痛。
她微张着嘴想了半天，那余素兰呢？她小心地问。
他扑哧一声就笑了，我只是想气你，其实我一点也不喜欢她。

她偏着头看他细心地为她剥开橘子那青涩的外皮，一股幸福的暖流瞬间便溢满心头。此刻，她觉得自己也是一朵灿烂的花。

他常常一边弹琴，一边唱歌给她听，他的歌声是那样的动人。他们一起去吃饭，他总是变戏法似的拿出早就准备好的礼物，他的浪漫让她陶醉。
周末他们常常去郊游。
他会骑单车直接去她宿舍楼下接她，她会紧紧搂住他的腰，银玲般的欢笑随他穿过校园，她觉得自己简直幸福得要飞上天了！

这样的幸福，自然会遭到女生的妒忌。
有一次余素兰直接跑到幼薇的面前，歇斯底里地质问，唐幼薇，你有什么？你凭什么配得上皓远？你要记住，他迟早是我的。
幼薇只是淡淡地笑笑，她知道她嫉妒自己。

他带她去购物，她总是不愿意去大商场。要是放在一般的女子，什么贵一定选择什么，她们只怕自己买的东西不够好！
这样真诚而善良的女子，怎不让人心生怜惜？他觉得她就是一块透明的水晶。他只想对她好，永远地宠着她，溺着她。

幼薇常常一边掐着自己的胳膊，一边微笑着喊着林皓远的名字，皓远，林皓远，我们真的在一起了，你说这不是做梦吧？
皓远总是微笑着摸摸幼薇的头，任谁都能看得出来，那眼底宠溺的深情，浓得就是一团化不开的墨色。

大学毕业，林皓远接管了家里的生意。尽管每天都很忙，但每逢周六他都会推开一切事务，只为了陪伴幼薇，因为他知道只有陪伴才是最长情的告白。他们商量好，幼薇一毕业便结婚，有了甜蜜爱情的滋润，幼薇愈发艳丽得像一朵花儿了。

5

一场金融风暴，再加上决策失误，林皓远的企业陷入了破产的危机。

他患有心脏病的父亲不堪重负,一度陷入了昏迷,生命垂危。

那些日子,林皓远像一只旋转的陀螺。整日旋转在银行、谈判桌上和医院之间,可事情仍然没有任何转机。

父亲苦苦支撑了半个月,终于在遗憾的悲愤里撒手人寰。临终前断断续续只挤出一句话——保住公司!
短短半个月,林皓远瘦了十斤。失去至亲的痛和公司面临的困境,像两座大山,压得他喘不过气来。

看着林皓远一点一点地消瘦下去,幼薇感觉心里有千万藤条在抽打。可是她没有丝毫的办法,而对他这样的困境,甚至连安慰都显得纸一样的苍白。
在一家家讨债公司的逼迫之下,林皓远变得异常暴躁,开始酗酒。有时连幼薇一句简单的话,都会让他暴跳如雷。
幼薇常常坐在学校的操场上泪流满面,她觉得整个世界一片混沌,她不知道自己还能做什么。

一周后的一天,余素兰找到幼薇,现在唯一能救皓远的只有我,如果你真的爱他,就离开他。
只要你离开,我和皓远订婚便会给他公司注资。
她看着她一脸笃定地说。

余素兰的话,一次次在耳边回响,爱是成全。他现在想要的,你给不了!

幼薇请了一周假，天天陪着林皓远，给他做好吃的，任他怒骂发疯，甚至陪他一起喝酒。她在他面前，就像春天的阳光一样灿烂，始终没有掉过一滴眼泪。

只有林皓远在酒精麻醉下安静睡去时，幼薇才偷偷地一次又一次抹着自己的眼角。

她温柔地抚摸着林皓远的脸，任眼泪一次次风干，再一次次润湿。她那么爱他，爱得心都碎了，可如今，却眼睁睁地看着他那样艰难而无能为力。

有谁懂得那是一种怎样的痛苦和绝望？短短的一周，她的内心早已阡陌横生。

第八天，幼薇以陌生人谈贷款的方式约皓远在伊兰咖啡见面，同时也约了余素兰。

当林皓远走进伊兰咖啡厅时，一眼便看到穿着精致水貂皮草的唐幼薇暧昧地坐在苏铭枫的腿上。

林皓远心里有一股热浪在翻涌，他不敢相信这就是自己一直深爱着的女人。他冲上去一把拽起了幼薇，唰地一下举起了右手。

迎上的却是幼薇鄙视的眼神，林皓远，你打呀！除了打女人，你现在还能做什么？我要跟铭枫结婚了！

说完她暧昧地靠在苏铭枫的身上，蔑视地朝林皓远晃了晃手，你看，两克拉的。

林皓远的手停在半空颤抖着，唐幼薇说得对，他还能给她什么？

他想说，这不是真的。可是那一刻，他什么也说不出来。

他瞪着快滴出血的眼睛，半晌颤栗着吼出一个"滚"字，人却摇摇欲坠地就要倒下去，恰巧这时余素兰不失时机地走了进来……

幼薇僵直着身子，像一座千年的雕塑，靠在苏铭枫的怀里半天动弹不得。确定他们走远了，幼薇挣扎着站了起来，哽咽了半天，终于挤出了一句，谢谢你陪我演了这场戏。

一周后，报纸上传来林皓远与豪门千金订婚的消息。

幼薇以为自己不会哭，可那一刻，拿着报纸的手，颤抖成秋风里的落叶。
泪，像断了线的珍珠。
嘴里有咸咸的苦涩味，原来选择成全，一样会让人疼彻心扉！

6

五年以后，林皓远已是商界一颗耀眼的新星和一个三岁孩子的父亲。而此时依然单身的幼薇，也已是A市晚报当红记者。

原本以为，那一场刻意成全的烟花错，让她和林皓远这一生都不会再有来往。然而一次报社安排的专访，让他们再度有了交集。
幼薇本可以拒绝。但是一股莫名的力量，却让她想看看，看看这个让自己爱得刻骨铭心的男子，在五年之后再度重逢时，会是怎样的一种石破天惊。

幼薇一条条试着裙子，亦感觉哪一条都不合适。

最后总算在百货商厦买到一条和林皓远初见时有几分相似的连衣裙。

五年后再穿这样的纯白，连她自己都觉得有点恍如隔世。

五年的时光，她独自承担了太多。很多事情早就时过境迁，她只想给自己一个交待。很多无法忘怀的心情，是不是应该在这样的相见里画上一个句号？

访谈地点选在了彼此都熟悉的伊兰咖啡，当幼薇赶到时，林皓远早已在品着咖啡了。

幼薇看到林皓远的第一眼，便觉得他更有魅力了。成功的事业加上有品位的着装，让他显得更潇洒而迷人。

他们礼节性地握了手，简单寒暄之后，进入访谈主题。她以为他们有很多话可以说，然而他们什么也没有说。

访谈结束时，幼薇故意问，请问林先生，您事业上成功的原动力是什么？

林皓远的目光愈发地深邃了，深深地叹了口气，迎着幼薇的目光幽幽地说，是一个女人，教会了我成长。

幼薇的心咯噔一下，微微红了脸试探着问，那你现在还恨她吗？

林皓远低下头去，沉默地搅动着杯子里的咖啡。半晌再抬起头来时，眼里已有了隐隐的泪光。

幼薇，一年前我就知道了真相，是一次应酬时苏铭枫告诉我的。谢谢你，只是我们都回不去了，也不可能回去！

在他站起来离开的时候，看向幼薇的眼神有那么一刻的熟悉，但很快又恢复了冷静，大踏步地向外走去。

以后，以后你要好好的，找个人好好疼你！走了一段距离，他转过头说。幼薇的泪瞬间就滚了下来，原来他都知道，或许这就是自己想要的交待。慢慢走在灯火阑珊的夜晚，街边传出刘若英那略带伤感的《后来》。

青春在晚风中滑落

1

苏青至今还记得自己第一次遇见于航越的样子,他面容俊朗,眼神清澈,微笑如风。真是一个阳光而温暖的男子啊,苏青在心底叹息一声。

那年苏青二十岁,像一棵妖娆的水草。
她不仅漂亮,而且还是一个聪慧而独立的女子。白天是西大经济管理系大三的学生,晚上便会换上优雅的职业装,化了精致的淡妆去A市咖啡一条街的伊是咖啡上班。
很多时候,苏青觉得自己就是一棵努力从石头缝隙挣扎着挤出地面的小草,内心总洋溢着春风吹又生的坚韧。是啊,幼年丧父,母亲又没有好的收入,所有的一切都只能靠自己。

马不停蹄地忙了三个小时,培训计划终于写完了,苏青愉快地伸了一个懒腰。此时已是万家灯火,遥望着远处那些高楼大厦里星星点点的灯火,苏青暗暗发誓,总有一天会有一盏灯火属于自己。
此时已是午夜,秋凉如水,咖啡已有些凉了,苏青端起来轻轻地啜了一口,靠在摇摇藤椅上,露出了满意而欣慰的笑容。

咖啡厅里缓缓流淌着略带伤感的《单身情歌》。至今苏青还没来得及谈一场恋爱，想到爱情，苏青的脸上呈现出迷人的憧憬。

一个温暖的男子，给自己父亲一样的呵护？

凌晨下班的路上，苏青总是感觉到孤单和恐惧，随身携带的防狼喷雾剂是心底唯一的安慰。

即将下班，苏青起身巡视店里的工作时，手机又嘀嘀地响了。

又是那条熟悉的莫名其妙的短信：You are my dream lover。

这已是第十次了，相同的陌生号码，电话回拨过去却无人接听。

不带这样调侃人的，苏青有些气恼地摇摇头，本想像以前一样直接删除，转眼一个恶作剧便浮上了心间。

苏青发了一个微笑的表情，顺便回了一句：你的脑子里养鱼了吧！

本以为对方会跳起来，没想到收到这条信息之后，对方再没了消息。很快苏青就把这个小插曲给忘了。

2

一周后一个落雨的夜晚，苏青正整理资料，服务人员说一号桌有一个自称是老朋友的人找。

老朋友？或许又是哪位需要打折的顾客吧！苏青一边想着一边快速往一号桌走去。

当苏青来到一号桌前,一个满脸微笑,面容俊朗,眼神清澈的青年男子定定地看着自己。

好一个阳光明媚的男子,苏青的心微微一愣。在脑海里仔细搜寻了一遍,确定那是一张完全陌生的面孔。

先生,请问我们以前认识吗?苏青带着职业的笑容首先打破了僵局。

那男子笑得更灿烂了,请教一下苏经理,脑子里养鱼是个什么场景?

什么?苏青的脸突地就红了,心扑通扑通地乱跳起来。

良好的职业素养让她迅速恢复了镇定的情绪,随即淡淡地微笑着,先生如果没什么正事,我还有工作要忙。

那男孩子错愕地迟疑了一下,立即掏出学生证放到桌上。

我叫于航越,跟你同级,我不是坏人。至于刚才的玩笑嘛,你懂的!他意味深长地看了她一眼,我等你下班。

于航越说完悠闲地品起了咖啡,仿佛苏青早已接受他的决定。

苏青摔下一句"无聊",掉头就走。

其实苏青的心里早已是锣鼓喧天,他的笑容,他的眼神一眼便印在了她的心底。

只是他却出现得那样唐突,她不再去理会他,就任由他独自坐着。

而于航越果真等到她下班都不走。后来店里打烊,服务人员说我们苏经理已经走了,他才诧异地结账离开。

一天,两天,三天……

于航越就这样每天在苏青上班的时间在老位置上坐着,每次只点一杯拿铁咖啡，还会带来一束火红的玫瑰。

服务员每次拿花进来，都会夸张地打趣着，苏经理，你真幸福啊！那男孩子好像不错哟，苏青只是笑笑。
由于跟这些员工年纪相仿，所以私下里员工并不怕她。
偶尔于航越来得迟了，苏青的心底也会泛起微微的惆怅，她会刻意叫服务人员拿了预定桌牌给他占坐。
但无论来得迟早，他都会天天坚持来品一杯咖啡。
他就那样安静地坐在那里，时而埋头看书，时而看着苏青忙碌的身影微微浅笑，却并不去打扰她。淡定得仿佛他不是为了等她而来，他就是一个品咖啡的顾客而已。

苏青的心开始变得一天比一天温润，这样稳妥而笃定的男子，是她喜欢的样子。
她决定接受他，她想是时候谈一场恋爱了。

一个月后，苏青主动站到他面前。
走吧！她说。
他一点也不觉得诧异，只是微笑着道，好！然后起身结账和她一起离开。

走在送她回家的路上，他自然地牵起了她的手。
他的手果真很温暖，她的心底有一股暗流在暖暖地流动。
他不说话，她也不说话。

他们就这样一直牵着手走呀走,好像一辈子这样走下去都不觉得累。走到一棵树的阴影下,他突然把她揽在怀里,她便羞涩地靠在他的肩上。

或许是等得太久,他们很自然地吻在一起。在这万籁俱静的凌晨,他们能够听见彼此强烈的心跳。

等他终于理智地放开她,他们的眼神又缠在了一起。

他捉住她的双手再问,我的脑子还养鱼不?

她羞涩地轻笑着,养!因为进水,所以养鱼。

他的唇又迎了上来。

3

春天来了,满世界的花都开了,苏青和于航越的爱情,开得比那些花儿还灿烂。

年轻的爱恋,总有火一般的热情。

他会天天接她下班,休息时一起泡图书馆,挤人潮涌动的回民街。

他宠溺地叫她丫头,而她则温柔地叫他航越哥。

她看着他温柔得似水一样的眼神,便觉得温暖而甜蜜。

原来爱情真的这么美,这么美!

他就是一轮发光的太阳,而她心底那些曾经被生活磨砺而生的暗疮,都在他温暖的包裹下一层层褪去,她的心一天天阳光起来。

她想,与这样温暖的男子生活一生,应该是一件很幸福的事情吧!

柔情的时候，她会拉着他的手说，航越哥，等大学一毕业你就娶我吧！
他微笑着把她揽进怀里，宠溺地摸着她的头说，好！

幸福的时光，总是过得很快，转眼就毕业了，很多情侣在一场毕业典礼后各自天涯。宿舍里凌乱得好像刚经过一场失窃，空气里到处都弥漫着离别的忧伤。苏青和于航越决定在一起。

于航越开始找工作。尽管父母要他回G市接手服装公司，可条件是必须离开苏青。原因是苏青没有良好的家世背景，不能对他以后的事业有所帮助。这样的决定，是他不想要的，他决定在苏青身边找工作，他不想离开她。

于航越找工作并不顺利，服装设计在西北本就无用武之地，再加上A市一年几十万的毕业生，要找到一份理想的工作并非易事。
投出去的简历总是石沉大海，而一次次的招聘会也毫无结果。
父母已下了最后通牒，再不回G市便停了他的生活费。于航越开始惶恐，他了解他的父母，从小便在对他的控制上说一不二。当时他喜欢的专业，父母不许报，硬是逼着他报了家族产业相关的专业。
他们的理由是，毕业了回去接班。

经过一个月毫无结果的奔波，于航越开始抱着苏青一次次地哭泣。他的泪流到她的脖子上，他声声问，声声叹，
丫头，丫头，你说我们应该怎么办？我真的不想离开你呀！
那时苏青才认识到，原来自己一直特别依赖的航越哥也只是一个孩子。从小

家庭优越的他，根本就没有承受挫折的能力。
她温柔地安慰着他，别怕！别怕，我们总会有办法的。

当于航越再一次垂头丧气地从招聘会回来时，苏青抱了一叠复习资料柔和地建议着，
航越哥，要不你考研吧？
考研？他不是没想过。只是费用怎么办？再说，他的父母绝对不会同意，他是家里的独苗，他们一心只想让他接管公司。
想到这些，于航越低沉地摇了摇头。

苏青知道他的顾虑，一脸坚决地拉着于航越的手说，航越哥，你别怕！我来供你！
于航越的泪唰地就流了下来，他紧紧地抱着苏青，那一刻他想把她融进自己的血脉里。丫头，你这个傻丫头，我会一辈子对你好的，一辈子！他哽咽着说。

4
得知于航越要在A市考研，父母果断停了供给。
可于航越不怕，他要勇敢一回，为了自己和他的丫头。他没日没夜地学习，手机的屏保换成梦想的北大，他要用他的努力赢得他们的未来。

苏青很少购买衣服，却把于航越打扮得干净利落，她不想她的航越哥受一点

点委屈。

二十二岁的苏青，集成熟干练和优雅妩媚于一身，再加上高档酒店的见识，俨然就是一朵芬芳的白玫瑰。

他们一起上街，苏青总会吸引众多异性的目光。于航越便常常觉得愧疚，他现在什么也给不了她，却还要拖累她。

他常常一遍遍问苏青，丫头，你这样为我付出，值得吗？

苏青总是淘气地笑笑，你要觉得愧疚，就以身相许好了！

本是一句玩笑话，于航越更加否定了自己的价值，而这一切苏青却并未察觉。

经济制裁无效，于航越的父母又采取了迂回的手段。先是恢复经济供给，然后再让青梅竹马的林娜过来游说，只要他愿意回到G市，一切他们可以妥协。

他了解父母的性格，那不过是他们的缓兵之计……

而这一切他并未告诉苏青，他不想她担心。

于航越一天比一天忧郁，一天比一天沉重。除了努力别无它法，他常常看书到深夜，第二天五点又会准时起床，他必须争分夺秒。

因为他懂，他跟苏青现在的美好时光，都是他的丫头在撑着。

一场冬雪后，天空愈发冷瑟，离初试的日子更近了，于航越暗暗攥紧了拳头。

考试的前一天，一个儒雅沉稳、满身名牌，三十岁左右的俊秀男子来找他。

他叫着他的名字问，你就是那个把苏青迷得神魂颠倒的航越哥？我还以为有三头六臂呢！

于航越的心瞬间沉到了谷底，他看到那男子眼里有强烈的敌意和蔑视。

说说吧！需要什么条件，你可以离开苏青？一百万够吗？那男子把汽车钥匙很随意地撂到房间的茶几上。

于航越顿时气血翻涌，一拳挥过去，我的爱情无价，你买不起。

那男子并不还击，看向他的眼神有鹰的冰冷，小子，你还嫩着！好好想想，你到底能带给苏青什么？

说完抓起钥匙扬长而去。

我能带给我的丫头什么呢？于航越一遍遍地问着自己，然而他的答案却是茫然的空洞。离开了他的家庭，他什么也不是。

第二天考试，那男子的眼神和苏青为自己操劳的情景交替在眼前浮现。很多平时很熟悉的题目，他却一点也想不起来。

他听着考场里唰唰的答题声，泪一滴滴就淌了下来。很多泪落到试卷上，那些书写过的地方便慢慢地晕开一个个黑色的墨点。

监考老师诧异地以为他疯了，他知道自己完了，彻底完了。

于航越走了，他和苏青不告而别，留下一沓钱和一封信。

大意是考试失败无颜以对，叫苏青遇到合适的人就嫁了。

彼时，苏青疯了一样地找他，电话是关机状态；她去他家里找他，他的父母以不知道为由，冷冷地拒她于门外。
她就那样信了，之前他与父母断绝来往的事情，她是知道的。

5
戴着墨镜的苏青，坐在G市机场9号登机口听着音乐等候登机。
这已是她第三次来G市找航越哥了，虽然还是没有他的消息，但她还是想他。她不想放弃那个眼神清澈、笑容温暖的航越哥。

这时，一对抱着小孩的青年夫妇坐到了苏青的身边。苏青拿眼角的余光扫了一眼，一颗心瞬间提到了嗓子眼，泪水顿时模糊了双眼。
怎么会是航越哥？
那个一直叫自己丫头，占据自己三年青春时光，却还一直让自己魂牵梦萦的航越哥，居然结婚了！而且还有一个几个月大的孩子？
她紧紧地咬住自己的胳膊，不敢哭出声来。
两年没见，于航越少了以往的阳光和俊朗，他的眼神已不再温暖和清澈，她看到他的眼睛里有深深的忧伤。

耳机里播放的是水木年华的《寂寞的誓言》，苏青的心荒芜得厉害。都说时间是情伤最好的药，为何两年过去了，再见到航越哥还是这般地心痛和心酸？
幸好有宽大的墨镜作掩饰，苏青静下心来整理好自己的情绪后，不由得仔细打量起于航越身边的女子来。
中等相貌中等身材，一脸安静贤淑模样，没有什么过人之处，但也没有什么不妥。

苏青无论如何也不明白，当年他悄无声息地不告而别，却很快选择了一个这样的女子为妻，自己到底是哪一点不如她？

她想问问他，如若不问，会是她心底一生的刺。
她对着镜子仔细整理了妆容，站起来意味深长地叫了一声"航越哥"！
他打量了她几秒钟，面红耳赤地诧异着说，是你？
两年不见，时髦得我差点都认不出来了，他尴尬地笑笑，他的笑容僵硬而生涩。
果真，她猜得没错，那真的是他的妻子。
在她面前，那一声再熟悉不过的丫头，就这样生生的没了。
她的眼圈又开始红了，慌忙背过身去。人生真是何处不相逢啊！她狡黠而意味深长地感叹着。
他听出她话里的意蕴，便不再作声。

她怎么也不明白，他们一起走过的岁月，他怎么能说忘就忘了呢？
很快广播里催促登机，他带着她和孩子走了。苏青以为他会说点什么，可是什么也没有。
泪哗哗地又下来了，她去机场的洗手间一遍遍地洗着脸。

晚上收到一条陌生短信，丫头，忘了我吧，我配不上你的深情。你永远是我心底那个善良而让人敬佩的丫头，只是你值得拥有更好的生活。
她知道是航越哥，泪决堤般地涌了出来，自己苦苦等待了四年的航越哥，终于给了自己这样一个结果。

透过窗户,庭院中的红叶李花在晚风中一瓣瓣地飘着,地上落了厚厚一层清浅粉嫩的白。苏青觉得她那盛放了两年的心事,也在晚风中一瓣瓣地剥落。既然有些人无须再等,她想,是时候好好谈一场恋爱了!

洁白的栀子，梦中的你

1

江凌月又做了那个相同的梦。

在那个雨后的黄昏，一身西服套装的云飞扬，英气逼人地捧着一束洁白的栀子花，满脸微笑地朝她走来。

她努力伸出手去，想要抓住像云一样飘过来的云飞扬，可是怎么也够不着。她急切地呼唤着他的名字，云飞扬，你可不可以再近一点？让我抱抱你好吗？

可是云飞扬就好像被时光定格了一般，只是微笑看着她，却并不走近。他不走近她，她也走近不了他，她只能那样焦虑而惆怅地忧伤着，她感觉到自己的心那么痛，那么痛……

江凌月挣扎着从梦中醒来，看着枕头上湿湿的一片，她的心口还在隐隐作痛。

她幽幽地叹息一声，就回忆最后一次吧！马上要举行婚礼了，她必须得把他忘了，有些错过就是错过。

大四那年，离校前的最后一个元旦晚会，疯狂的喧嚣是必不可少的，场面和规模更是空前盛大。

江凌月是晚会的第一主持人，而做为音乐学院情歌王子的云飞扬，是西大特邀嘉宾。彩排时当江凌月第一眼看到云飞扬，心就咯噔一下。这世间怎么有这么帅的男生？她感觉简直是要命，她从来就不是好色的女子，可是看到云飞扬时心便咚咚地打鼓。

休息时他们有了简单的交流。云飞扬开玩笑问，江同学，送你玫瑰的男生不少吧？

江凌月羞涩地笑笑，我不喜欢玫瑰，我喜欢栀子花。

哦？云飞扬挑挑眉毛，扬起那张英气逼人的脸，向前跨了一步，一脸意味深长地问，那，有人送过吗？

这样暧昧，江凌月的心又咚咚地狂跳起来。

这时晚会总策划大声招呼大家继续彩排，江凌月便低下头匆匆去报幕了。

那台晚会空前成功。江凌月做为晚会主持，自然是众星捧月般的光芒四射；而云飞扬做为特邀的压轴献唱嘉宾，一曲满文军的《懂你》，更是获得了满堂彩。

不可否认，云飞扬是属于舞台的。在台上的他，仿佛每一个细胞都被激活了，整个人焕发出一种魅力四射的迷人光彩。

霎时台下雷鸣般的掌声，不绝于耳的尖叫，蜂拥而至的人群和鲜花，把云飞扬紧紧地包裹在舞台中间；更有一些大胆的女生当场便对云飞扬表白。场面热烈得几乎失控，如同神话里走来的云飞扬，最后不得已在保安的"解救"之下，才狼狈离场。

那时江凌月就想，这世上怎么会有如此完美的男子？这样的男子，遇上便是劫，是生死劫。她知道只那一眼，自己便在劫难逃了！

2

整个寒假，尽管江凌月把自己的假期安排得充实异常，可是云飞扬的身影还是不停在她眼前闪现。

她总一遍遍告诫自己，不要去想他！他根本不是人，他就是毒药，让人万劫不复的毒药。可她还是没办法停止想他。

他那稳健的台风，迷人的微笑，深情的唱词，哪一点不令她神魂颠倒？原来真爱上一个人的感觉就是，明知前面是悬崖，却还是奋不顾身地往下跳。

江凌月疯狂地想念着云飞扬，想到半夜睡不着的时候打电话给阿离。

她哭着说，阿离，我爱上云飞扬了！我是那么地想他，你说怎么办？我要怎么办啊？阿离是她的死党兼闺蜜。

本以为阿离会尖叫，没想到阿离只是幽幽地说，那样众星捧月的男子，爱上注定是要倒霉的。如果真的爱他，就去追他吧！

你不会也爱上云飞扬了吧？她听着阿离沉闷的语气有点猜忌地问。

怎么会呢？江凌月，你死定了！还没开始，你便连我的醋都吃，我确定你这次是真的完了。

她傻傻地笑，可不？自己此刻不正像一个吃醋的小妇人吗？等开学了她就去找他。这样想时，她就希望寒假快点过去，可真是一寸光阴一寸相思啊。

好不容易熬到开学。以她在学校的人脉，要想打听云飞扬，还是件很容易的事情。
一米六八的江凌月本就窈窕动人，阿离看着对着镜子描眉画眼的她撇着嘴喊妖精。
江凌月的脸，粉艳得像三月里的桃花。她换上自己最好看的裙子，还在不停地问阿离，你说我这样穿好看吗？你说他会喜欢吗？
阿离摇头叹息着，果真，女人一遇到爱情便傻了，以前那个自信满满的江凌月哪里去了？

原来再美的女子，在自己最爱的男子面前，永远也觉得不够美！阿离陪她去找云飞扬。春天来了，满世界的花都开了，一路的桃红柳绿，映衬着江凌月的心愈发惆怅。
她端倪万千地忐忑着，见了他要怎么说呢？他会不会嘲笑她？离他的学校越近，她就越紧张，紧张得手心都渗出了细细的汗珠。

终于到了他的学校，她害怕，又要往回走。
阿离第一次见她这么胆怯，翻着白眼说，你考虑清楚，再不说就没机会了，我们马上就毕业了。
一想到毕业后永远的天各一方，她决心豁出去。即使是被拒绝也没关系，反正毕业了之后也不会碰面。这样想时，她便大胆起来。

我找云飞扬，她对他的室友露出了甜美的微笑。
那个背对着门弹吉它的男孩子，在看到江凌月的刹那目光都呆了。他红着脸对她说，对不起，他不在。我叫阿木，如果你愿意可以等他回来。

你知道他去了哪里？需要多久回来吗？她低着头不好意思地问阿木。

阿木打了他的手机，提示无法接通。

她的情绪瞬间失落到极点，或许真的没有缘分吧！

要不你留下联系方式，等他回来我告诉他！阿木热情地说。

尽管失落，她还是认真地写下了自己的联系方式。

桃花谢了，樱花也谢了，可是她对云飞扬的思念却并未凋谢。

人生几度花和月，她感觉对云飞扬的爱，就是她画在宣纸上的水粉荷，孤单地盛开着，绝望地挺立着。

3

徜徉在五月的校园，空气中弥漫着香甜的栀子花香。落日的黄昏下，那些清新而洁白的花朵开得那么灿烂，就像江凌月心底的情花一样，她觉得更加孤单了。

或许爱上一个人，就是爱上了一道孤单的伤口吧。那些求而不得的惆怅，绞得她的心口隐隐作痛，她一遍遍忧伤而绝望地在校园的林荫路上徘徊。

晚上回到宿舍时，室友说有一个姓云的男生来找过她。

她紧张地抓住她的手问，是云飞扬吗？

好像是元旦晚会那个唱歌的男生吧！

人呢？人呢？她欣喜地一下跳了起来。

哦！我说你不在，他留下一束栀子花就走了！

栀子花？她满宿舍里扫视一遍，最后在书桌上瞥见了那束栀子花。是用玫红的丝带缠了又缠，上面还打了一个大大的蝴蝶结。她在心底笑，怎么一束花也要缠得这样结实？

她疯了一样地扑过去捧起那束花，泪瞬间就流了下来。

她焦急地寻找着，想看看那束花里有没有字条之类的东西，可是仔仔细细看了三遍，除了九枝灿烂盛开的栀子和那些玫红丝带之外，什么也没有，她的心瞬间又凉了。

有留他的联系方式吗？她焦虑得声音都变了形。

我忘了，室友淡淡地回答。

她歇斯底里地问，为什么不留下他的联系方式？为什么？她扑倒在床上哇哇地大哭起来。

室友惊奇地看着她，像看一只怪兽。

看着那些芬芳的栀子花，她想它们应该很快就会凋零吧？她是那样的喜欢，也是那样的惆怅。那是她爱的男子，按照她的心意送的花啊！她不想它们凋谢，永远都不想。

最后灵机一动，按照书上的方法，把那些栀子花做成了干花画。

她得意地对阿离说，阿离你看，这样它就不会凋谢了吧？永远也不会！

阿离叹息地叫她傻妞。

她常常盯着那幅栀子花的干花画出神。他不明白，他既然能来找她，他为什么不给她打电话呢？

她决定再次去找他问个究竟。

半个月后阿离陪她再去找云飞扬,那时他已参加学校的交流巡回演出,去了新加坡。据说一个月后才能回来。

江凌月向阿木要了电话打过去,对方是空号。

阿木满怀愧疚地跟她道歉,那天你留的电话被我不小心倒上水,看不清了。

阿离叹了口气,看来你跟云飞扬真的是没有缘分。她顿时像泄了气的皮球。绝望像潮水一样淹上来,她想,这次她真的相信缘分了。

很快到了六月份,拍过毕业照之后便是一波接一波的散伙饭。校园里的栀子花,还在一茬接一茬地开着,开得清幽而甜腻,却没人顾得上欣赏,人人都沉浸在离别的忧伤里。

人生自古伤别离,江凌月绝望地想,或许她跟云飞扬这一生都不可能再有机会重逢了。

她多么希望能有奇迹发生,便一天拖一天地等着,一天天地看着那幅画。宿舍的同学都走光了,就连阿离也回了廊坊,她不能再等了。

想到她终究还是没能等到云飞扬,泪又落了下来。

她带着那幅画坐火车回廊坊。在火车上她像抱着一件珍贵的瓷器,一直不肯撒手,她害怕一撒手,那幅画便会被别人碰坏。

同行的旅客好奇地问,姑娘,你抱着的是什么?你不累吗?放下来歇歇吧?她倔强地笑着拒绝了他们的好意。十几个小时的车程,等抱到廊坊时,她的胳膊都僵了。

她在廊坊做了一名记者，生活倒也过得诗意芬芳。只是二十五岁了，她还不曾谈过一场恋爱，她忘不了那个叫云飞扬的男生，还有他的干花画。

父母总是隔三差五安排她去相亲。她总是说，我还小，再说像我这么优秀，你们会担心我嫁不出去？
可是父母依然坚持，他们说哪有二十五岁的女孩子不谈恋爱的？
拗不过父母的亲情绑架，每次她都只是礼貌地坐一下，然后便在自己的世界里神游。
父母把周围能动用的关系都介绍完了，没有一个合适的。
邻居拉着她母亲的手说，唉！你家的姑娘是优秀，可是她太清高了。

她笑笑，她们哪里懂得，她的内心深处深深地藏着一个让她魂牵梦绕的男子。只是那时，她并不知道他在哪里。

4

转眼江凌月已经二十六岁了，阿离决定把自己嫁掉，江凌月做伴娘。
阿离看着穿上伴娘礼服，美得如同天仙的江凌月心有戚戚地感触着，月月，你看，尽管你现在还这么美，但是女人的青春都是有限的。为一个不知道踪迹的人，这样真不值，你应该谈一场恋爱了。
江凌月心里酸酸的。

二十七岁那年的春天，她在一次客串主持时遇到了阿木，她疯了一样地向他打听云飞扬的消息。可阿木也不知道，只听说他拿了新加坡的绿卡，却没有联络方式。

那时阿木已是圈内小有名气的歌手，他开始疯狂地追求江凌月，并为她心甘情愿地留在廊坊。

他陪她去听音乐会，带她去吃喜欢的食物，会买她喜欢的栀子花小心地养在她的房间里，他甚至帮着她一起找云飞扬。

她问阿木，你知道我喜欢他，还帮我找他，你不吃醋吗？

阿木笑笑，我会吃醋，但我更希望我深爱的女人幸福。爱，是给予，不是索取。只知道索取的爱，太肤浅……

她的泪流了下来，得不到自己最爱的，与这样一个深爱着自己的男子结婚，也是一件幸福的事情吧！

你看，二十八岁了，女子都是怕老的……

她带阿木去见父母，父母很满意，双方家长见了面，并最终定了婚期。

她执意把婚期定在了第二年的五月，因为五月里有她最爱的栀子花，尽管阿木的眼里有淡淡的忧伤，可他还是同意了。

他们在双方家长的坚持下提前领了证，婚礼放在第二年五月举行。

她还会常常看着那幅干花画发呆，可她在名义上已经是阿木的妻子了。她决定把那幅画扔掉，可最终还是舍不得又捡了回来，捡回来再扔掉……

她的泪一串串地流着，阿木看着她红肿的双眼，静静地把她揽在怀里，别太为难自己，慢慢一切都会过去的，我等你……

她哭得更凶了，这个傻男人，怎么跟自己一样痴情？她决定忘记一切，她要与他好好生活……

她开始挑选婚纱，一件件置办家具。阿木说家是一辈子的地方，所有的东西必须她喜欢，所以要她一件件慢慢挑好了他再订购。
她常常想，嫁这样一个体贴而稳妥的老公，也是一件幸福的事情。

5
举行婚礼前一周，她接到一个陌生电话，电话那端他只轻轻一句，江同学，是我。
她的泪一下就涌了出来。
他问，你方便吗？可以见我一面吗？
她必须再见他一面，尽管现在已各自天涯，她还是想问问，当年他心里是否有她，她一定要问。

那天的黄昏里有细细的雨，当江凌月到达时，依旧玉树临风的云飞扬抱着一束洁白的栀子花快速迎了上来。那束花依然用玫红色的丝带缠绕着，依然是九朵，依然扎着一个大大的蝴蝶结。

他问，江凌月，你愿意做我女朋友吗？
她不敢相信自己的耳朵，嘴巴张成一个巨大的"O"字，紧张地后退几步却又突然猛烈地扑进他怀里，呜呜地大哭起来。

那些洁白的花瓣洒落一地,空气里弥漫着的不只是栀子的清香,更有一份难言的伤感。

我愿意,我愿意!你不知道,我等了你整整七年了,我多盼望这一天!江凌月一口气说完,却哭得更猛烈了!

可是,一切都太迟了,太迟了,她抬起她的手给他看。

我已经戴上了婚戒,是你同学阿木的。

他取出桌上的纸巾拭了拭了眼角,苦涩地问,那你当年为什么不肯给我打个电话?

电话?她诧异着,你根本就没留电话,我打给谁?

这次换他诧异,他慢慢地解开那些层层缠绕的丝带,最里面露出一张小小的卡片,上面一行清新的楷书:心似双丝网,中有千千结,期待来电。

落款是云飞扬的名字和他的电话号码。

天啦!她失控地尖叫起来,我根本就没打开过那些丝带,我怕那些花儿凋零,把它们做成了干花画,一直带在身边。你不知道,我有多想保鲜它们。她语无伦次地哭诉着,我一直从学校带到了廊坊,抱得手都肿了,直到领到结婚证才扔的。

她的眼神那么绝望,那么忧伤!后来她一直哭,一直哭……

云飞扬面如死灰地呢喃着,我以为你拒绝了我,所以我换了号,去了新加坡没再回来。

都怪我,都怪我!他懊悔极了,也痛苦极了!一边流泪,一边撕扯着自己的头发。

他们就那样绝望而忧伤地看着彼此，一直从下午坐到了凌晨，然后在彼此的泪眼里拥抱告别。

因为她已是阿木的妻子，而阿木是云飞扬的同学，这一生他们再无别的选择了。

依然相爱,该有多好

第二章

昨夜
西风
凋碧树

暗恋，是一个人的地老天荒

1

艾米爱上秦晓枫有多久了？

从她十八岁那年，第一次在学校大礼堂见到秦晓枫，她便爱上了他。只那样一眼，便入了心。

那时，晓枫是来他们系做古代文学史讲座的学长，艾米则是大一的新生。她坐在第五排中间靠近走道的位置，当秦晓枫在一片热烈的掌声中走上讲台时，她的眼前一亮，从此便再也无法移开。

那天秦晓枫穿一件浅蓝色窄纹白衬衣，衬衣被扎进一条深蓝色的裤子里，虽然没扎领带，但是浑身上下却散发着一股儒雅的气息。这样的儒雅，相对于青春的生涩来说，更容易让人沉醉。

尽管他长得并不帅气，身高只有一米七四的样子，一脸微笑，笔挺而沉静地站在镁光灯微微的浮沉里。璀璨的灯光从他那浓密黑亮的短发上泻了下来，他在光影流动的大礼堂里侃侃而谈，仿佛身体里的每一个细胞都被打开了，散发出玉一样的光泽。

艾米在心底叹息一声，世间如若真有温润如玉的男子，那么秦晓枫便是，她知道他是她的劫。她闻到空气里飘来一缕缕甜甜的桂花香，她就那样静静地看着他，看得她的心忧伤而惆怅。

艾米自幼便喜欢纳兰的词，爱极了那词里的温润婉约。那时她就想，以后一定要找一个温润的男子来相爱。

而如今，他来了！只一眼，她便知道他是她要找的人。

可是，他在台上，他是系里杜博士的得意高足，他的论文获得了不少奖项。而她现在只是一个大一的新生，并且她不够美丽，他离她那样远，怎么才能靠近他呢？

此时，她的心底漾起一圈圈涟漪。她在千回百转地构思着，如何接近他。他具体讲了什么，她并没听进去。

他的样子可真帅啊！从小便学素描，她开始在笔记本上画他的肖像，一笔一画，认真而细腻。

远远地他看到她盯住他看，时而微笑，时而低头书写。他微微舒了一口气，露出会心的笑容。

在互动环节时，他看她听得那样认真，微笑着指着她提问，第五排中间穿蓝色背带裙留短发的那位同学，你为什么选修中国古代文学史？

她在同桌的触碰下，一脸绯红地站了起来，她不明所以地看着他。他微微蹙了眉，眼中带了些许的疑惑，又微笑着重复了一遍问题。

这次她听清楚了，这是她思考过无数次的问题。她从对纳兰的喜爱说起，清晰而响亮地回答了他的提问。见她答得巧妙，他带头鼓起了掌，然后微笑着请她坐下。

讲座结束了，他在一片热烈的掌声中走下讲台，礼堂里一片哄乱。人群里有女孩子尖叫着，戏谑地开着半真半假的玩笑，秦晓枫，我爱你，就像老鼠爱大米。
他像听旁人的故事一样，微笑着对她们颔首致意。
而只有她还安静地注视着他，因为她想把他刻进心里。

看着他经过她的桌前，她以为只能这样目送着他的背影离去，没想到他走了几步却停了下来。她闻到身边有淡淡的薄荷香，她见他转过身伸出修长的手指轻轻地敲着她的桌子。这位同学，把你刚才记的笔记借我看一下。
什么？她的脸瞬间滚烫，心如鹿撞地紧紧捂住笔记本不肯松手。那时她恨不得找个地缝钻进去，她想撕毁那页素描，可是已然来不及。
他就像一座山一样地立在那里，微笑地看着她，一脸坚决地等待她的答案。她紧紧地闭上眼睛，深深呼了一口气，也罢！硬着头皮低着头把笔记本塞到他手里，转身跑出了礼堂，一口气跑出好远，她的心还在怦怦地跳着。

她想，他会懂她的心事吧！
对！他会懂！这般聪慧通达的男子，有什么是他不懂的呢？

2
晓枫，秦晓枫！她常常会独自念着那个名字微笑。

她不知道秦晓枫看了她的素描会怎样,但是她总是想起他。出于女孩的矜持,她幻想着他能来找她,她一天天地期待着……

如果说思念是一粒种子,艾米对秦晓枫的思念不止生根发芽了,而且像春天的青藤一样疯长。
从不愿意化妆的她,已经开始学着涂脂抹粉。
她想把自己打扮得像个妖精,因为电视里的妖精都美艳异常。可是她只能轻声地叹息着,现在的她只是一枚青涩的果子,她的身材扁平,而且留着男孩子式的短发。

宿舍的姐妹都取笑她,呀!艾米有心事了,是谈男朋友了吧?
她淡淡微笑,却更用心地打扮自己。
她一天天地掰着指头数着日子,整整十五天了,秦晓枫不会来了吧?每天夜幕降临时这样想着,然后第二天天亮了她又满心欢喜地期待着。

再见秦晓枫,是半个月后。
那天天空飘着细细的秋雨,窗外的枫叶红了,而梧桐的叶子已经黄了;一些零落的叶子在沙沙的雨声中,随着微微的秋风像彩蝶一样纷飞着。
她靠在窗边看风景,又想到那个全身透着玉一样光泽的男子。心里的思念还是像野草一样疯长着,百无聊赖中随手捡起纳兰的《饮水词》,翻开是一阕《采桑子》:
明月多情应笑我,笑我如今。辜负春心,独自闲行独自吟。
近来怕说当时事,结遍兰襟。月浅灯深,梦里云归何处寻。

这不是自己心情的写照吗？她黯然地在心底叹息着。十八岁的爱恋，总是那样叫人心动，也叫人心碎！

203艾米，艾米，有人找！宿舍管理员粗声粗气地扯着嗓子喊着。
是他，会是他吗？她心里怦怦地跳着，探着头在窗户上往下看。
天啦，果然是他！她捂住胸口幸福地微微闭了闭眼睛，感觉到有点不真实。几秒钟之后再睁开眼一看，他还在那里。
是真的，她拧了自己一把，像箭一样从床上跳起来，穿了鞋子就往外冲。刚跑到宿舍门口又折了回来，对着墙角的镜子快速拨弄着自己的短发，她恨自己的头发为何长得这样慢。
再出去时，她一改平日活泼洒脱的习惯，俨然就是一名淑女。迈着碎碎的小步轻盈地走到他面前，那一刻她觉得自己美若青莲，而那朵莲花只为他盛开。

那天秦晓枫穿了一身灰色的西服套装，撑了一把深蓝色的伞，就站在那棵红枫底下。他静静地看着她来的方向，目光温和而恬淡，她的心又开始怦怦地乱跳起来。
你找我，有事吗？一开口她便羞红了脸，她不敢抬头正眼看他，只用眼角的余光扫了他一眼，声细如蚊地小声问他。
秦晓枫微笑着从怀里取出那个淡蓝色的笔记本，递到她面前。你的人物肖像画得不错，还给你！
艾米伸手接了，笔记本上还带着他的体温。显然是怕被淋湿了，他竟然放到自己的怀里，真是个稳妥的男子，她幸福地憧憬着，一脸期待地等待着他的下文。

她以为他还会再说点什么。

可等了好久也不见他的回音，再抬起头来时，发现他已经走出了十几米。

他撑着伞和一个长发飘飘的女孩子并排走着。他的手揽在她纤细的腰肢上，从背影看，他们是那样般配，那样的画面心酸得让她想落泪。

笔记本从手中滑了下来，她又急急地捡了起来。笔记本上还有他的体温，她紧紧地捂到了胸前，眼泪最终还是一颗颗掉了下来。
像他这般的男子，身边怎会少了动人的女子呢？
她摇头叹息，明月多情应笑我！一切不过是自己一厢情愿罢了！她原以为他会懂她的心事，哪怕一点也好……
她摇摇头。

暗恋，很多时候只能是一个人的地老天荒。

3
尽管她知道他的女朋友叫叶清婉，而且还是文博苑的才女。可是她还是想他，在心里偷偷地想他，在一个他看不到的地方默默地关注他。
她选修了汉语言文学专业，她想离他更近一点，哪怕仅仅是一个专业上的共同爱好而已。她常常有一个错觉，只要她学了跟他相同的专业，她就能离他更近一点。

她加了他的微信，取名"一个人的地老天荒"，却并不打扰他。
她每天在微信里揣摩他的心情，遇到他心情不好时会发好笑的笑话给他；逢节假日时她总会在零点准时送上祝福；偶尔她会在朋友圈里发出自己的诗作，他也会细心地留评指导，只是他们从不聊天。

一晃两年过去了，宿舍的姐妹都有了自己的心上人，只有她还在偷偷地想着他。身边对她好的男子不是没有，只是没人能打动她的心，因为她有了晓枫，谁也无法靠近。

那年他毕业离校前的生日，她又在零点准时送上了自己的祝福。
他问，你是谁？我们以前认识吗？可否见一面？
她的眼前一热，她很想说，我们见一面吧。可见了又如何？
眼泪流下来，她擦了又擦，最终只回了六个字，不，我们不认识！
他便没有了下文，她亦不再提起，可她还是想他。
有时候她想，或许想念秦晓枫已成为自己生活里的习惯了吧！
他毕业后去了报社，她一如既往地关注他，却还是从不打扰他。

两年后她也毕业了，她如愿以偿地考进了他所在的报社。只是那时，他已是报社的主编，是她的上司。她私下了解过他，毕业后他与文博苑的那个才女就分了手，至今单身。
她想，是时候了！她积蓄了这么久的热量，是不是终于可以花开如莲了？
四年了，她已经长发及腰。

报到第一天,她想起了四年前的那个秋天,细雨里他放在长发飘飘的那个女子腰肢上的手,原来他喜欢那样妩媚的女子,她把自己打扮得像妖精。
她在办公区的走廊里千头万绪地想着,如何说出刻意与他重逢的第一句话。她想了万千个版本,由于想得过于专注,她一下撞到了一个男子的怀里。
她闻到一股淡淡的薄荷香,眼睛一热,鼻子发酸,多么熟悉的气息啊!她的眼中就盈满了泪珠。

他扶了她一把,你没事吧?
她抬起头时,惊恐地发现竟然是他,心里早就狂乱得犹如万马奔腾。她很想对他说"我有事",可是这样的场合多不合时宜。
她只能红着脸说"对不起"!
他微笑着道,没关系!
他再问,你是谁?
她的心瞬间沉到了谷底,可是这次她没有退缩,她迎着他的目光说,我是你的学妹艾米。
哪个艾米?你也是武大的?
她心里一急,他竟然不记得她了。
那次在你的古代文学史讲座上,我还曾经画过你的肖像呢!她脱口而出,说完却又有些后悔。
他温和地笑笑,那是多久的事情了?我已经记不清楚了。

记不清楚了?果真他从来没留意过她。
她想问,那"一个人的地老天荒"呢?你是否还有记忆?

可还未等她开口,他便对她伸出修长而白皙的手。欢迎你加入我们报社,艾米。你的文笔不错!

她正想伸出手去,却发现他低头看着自己雪白衬衫上那个鲜红的唇印,他的手就停在了半空。
她心里一惊,显然是自己刚才弄上去的。她一脸尴尬地看着他,这样的场景如若让同事们撞见,对于一个职场新人来说,又该掀起怎样的风波?
正在她急得不知如何是好的时候,他看出她的尴尬,微微笑了笑。然后不动声色地把西服往里拉了拉。你先去行政部办手续,我去办公室换衣服。

而她积攒了四年的话,就被堵在了这样一个小插曲里。她懊恼地在心里骂自己,为何过了四年,见到他还是这样的慌乱?

4

日子不紧不慢地过着,他还是那个温润的男子。她以为离他近了,然而他和她之间,除了工作之外却并无交集。

她给他送咖啡,他说谢谢;她站着不动,他问,还有事吗?她约他下班一起吃饭,他说有应酬。
很多次她想对他表白,可是他们独处的机会总是那么的不合时宜。她是那样努力地想靠近他,可是他的身上不只有玉的光芒,更有玉的冰冷,他对她温和而疏离。

她还是像四年前一样地爱着他，只是他并不知道。
有时候他们的眼神不小心撞上了，他的眼里惶恐多于欣赏。

转眼一年过去了，报社组织一次采风活动，她崴了脚，而他正好在她身边。不管是出于学长的情义，还是出于上司的关怀，更或是出于一个男人相对于一个女人的优势，他都得照顾她。
于是他搀住了她，他们自然落到了同事的后面。

尽管脚痛得让她龇牙咧嘴，可是她依在他的怀里笑得一脸幸福。她终于可以这样近距离地接触这个自己暗恋了四年的男子。她的胳膊被他紧紧攥在手里，他的手宽大而有力。闻着他身上淡淡的薄荷香，她的心幸福而潮湿。
四年的时光，有多少个日子在想他？又有多少个日子她为了他的不开怀而难过？暗恋的心情，原来就是一枚还没成熟的果子，这其中的酸涩只有她知道。
是的，只有她知道。她双目微闭，眼泪却一滴滴掉了下来。

看到她的眼泪，他问，很痛吗？
她微微点点头，再摇摇头。
看着她前后矛盾的回答，他说，上来，我背你走。
然后他果真俯下身来，让她趴到他的背上。她终于可以毫无顾忌地流泪，她的泪水把他的后背浸湿了一大片。
感觉到背上她的异样，只是以为她痛得厉害，他轻声安慰着，忍一忍，我们很快就下山了，山脚就有医院。

她终于不哭了,颤抖着声音问,枫学长,你可曾深爱过一个人?

他的身子一僵,半晌慢慢地问她,你可曾读过元稹的《离思》中有句"曾经沧海难为水"?

她问,是文博苑的叶清婉吗?

他深深地叹息了一声。这一声叹,让她觉得万分难受。爱而不得的苦,何尝是她一个在受?

她咬咬唇,终于鼓起勇气轻声地说,学长,我就是你微信里那个"一个人的地老天荒"。见他不语,她以为他没听见,她附在他耳边大声地说,我喜欢你!

不知道是不是山里的风太大,他的身子略微晃了晃,稍微放慢了脚步之后,再无回应。

她的眼泪又落了下来,她那么大声,他不可能没听到。可是他不回应,她便再无计可施。

回到报社她就辞职了,女人的一生能有几个五年?

她把自己最好的年华都用来想他,任凭她的世界翻江倒海,他都是那样的不动声色。

原来这所有的一切,都是她一个人的独角戏。

暗恋,只能是一个人的地老天荒。

匆匆那些年

1

当扎着马尾辫,穿着牛仔背带裙的韩冰,跟在班主任身后走进英语精英班的时候,人声鼎沸的教室突然变得鸦雀无声,那已是他们大一第二学期开学一个月后。

空气里浮动着柔和的光晕,看着韩冰站在教室门口的身影,吴瀚宇只觉得眼前像是被流星划过的夜空,流动着诗意而璀璨的光芒。
在这座靠山的私立民办大学,漫山遍野的洋槐花在晨曦的阳光里泛着耀眼的白,空气里到处都弥漫着沁人心脾的槐花香。在吴瀚宇眼里,韩冰就是一朵随风摇曳的洋槐花,那么楚楚动人、冷艳生香……

韩冰会跟自己坐吧?教室里只剩下他身边这一个空位,能跟这么漂亮的女生同桌,自然是一件欣喜的事情。
韩冰以后跟章华坐,魏雪莹去跟吴瀚宇坐,班主任指着班长章华的位置说。
吴瀚宇的心瞬间就暗了下来,一种巨大的羞辱感顿时将他包围。自己又一次被老师孤立了。可这又怨得了谁,谁让自己在班上是出了名的捣蛋鬼。
上课不认真听讲,看小说,大声讲话,用铁丝挂烂女同学的裙子。大家都怕他,绕着他走,所以老师把他调到最后一个人坐。虽然他的成绩并不算特别差，只是他这样顽劣，放到哪个老师也是要头痛的吧？

相对于白天鹅韩冰，魏雪莹就是一只丑小鸭。不仅学习成绩一般，连人也长得干瘦青涩。她唯一的优点是天生一副好嗓子，歌声极其婉转动人。
娇小柔弱的魏雪莹很快便收拾好了东西，兴高采烈地坐到吴瀚宇的身边。
虽然大家都怕他，说他坏，可是她不怕他。有一个周末的下午，在学府路上，她亲眼看到他扶一个老奶奶过马路……
她清楚地记得，那一刻，他是那么柔软，那么绅士……

看着坐到高大帅气的章华身边的韩冰，吴瀚宇感觉心里像塞了棉花。虽然章华是他的好哥们儿，但是对于喜欢的女生，再好的哥们儿也不行。
他们一样高大惹眼，从小在一个院子长大，小学到中学他们都曾是班上出了名的"学霸"，只因双双高考失利来到这所学校，他感觉到自己再次被人遗弃了。
先是一年前母亲为了理想跟一个诗人走了。紧接着是老师，他们没人知道他心中的失落。他之所以顽劣，只是以这种特殊的方式表达着自己的存在感，可是没人懂得他的苦楚。
自从母亲走后，父亲对他愈发地冷漠，然后是老师的孤立……

虽然章华也曾劝慰过他，可他苦笑着说，你没有我的经历，你如何懂得我的感受？还是各人自扫门前雪吧！
章华只能重重地拍着他的肩膀，然后默默地叹息。

洋槐花还在远处的山峦上盛开着,他的内心就像那无边无际的洋槐花一样,寂寞而苍凉。

他的眼神更加冷漠了,他开始变本加厉地欺负魏雪莹。他把吃过的口香糖黏在她的头发上,看到她痛苦而焦急地撕扯着,他就觉得好笑。他趁她不注意佯装不小心撕烂了她的试卷,然后一脸无辜地跟她说对不起。
没想到魏雪莹却一脸无所谓的样子,没关系,你开心就好!
他反而更不开心了,他骂她,你怎么这么贱?你是傻子吗?我撕了你的试卷,你为什么不哭?
没想到魏雪莹还是一脸的云淡风轻,只要你愿意,我天天拿给你撕,反正我就这样了……

看到这样的魏雪莹,他觉得人生更加绝望,他仰着头哈哈大笑,笑出了很多眼泪……
他想,他们都是堕落的孩子吧?

2
据说韩冰是从上海来的女孩,至于为何她会那么迟来到他们学校,至今是个秘密。然而就那样一眼,韩冰就扎入了吴瀚宇的心底。
韩冰虽然生得极美,但人如其名,她很少主动与人说话,整个气场清冷而凛冽。

也许是同桌之间比较熟悉吧，吴瀚宇发现她对章华是个例外，她会对他笑，一笑露出两个美丽而迷人的酒窝……

吴瀚宇常常看着蹙眉浅思的韩冰发呆，她那样美，可是她却是一块冰。他曾在课间找她说话，可她总是一副爱答不理的样子……

尽管她不理他，可他还是想靠近她，他的笔记本上全部涂上了她的身影。沉思的、清冷的，甚至是她冲章华微笑时的样子……

如何才能接近她呢？看着每天刻苦学习的韩冰，他想她一定不会喜欢自己，自己只是个不求上进的人而已。

一想到这些，他就更加烦躁，于是变着戏法捉弄魏雪莹成为他排遣寂寞的唯一方式。

日子一天天过去了，本以为吴瀚宇无聊几天就会安静，没想到他竟然乐此不疲地变着花样折磨魏雪莹。很多时候魏雪莹只能难过得独自哭泣，却并不去告发他。

当章华又一次发现魏雪莹在暗暗垂泪时，终于忍无可忍地拽住他的衣领，吴瀚宇，你还算不算个男人？如果是个爷们，就不要这么欺负一个女生。

他玩世不恭地问，怎么？她是你的女人吗，需要你替她出头？

你就是个混蛋！章华终于忍无可忍地一拳过去。

混蛋？这就是自己好哥们对自己的评价？

吴瀚宇觉得这么久以来，内心积压的情绪突然找到了发泄口，他和章华大打出手。

想到在章华身边有说有笑，而对自己总是冷若冰霜的韩冰，他的心更像着火了一样,他和章华疯狂地扭打在一起。

你疯了吧?看到吴瀚宇那么拼命的样子,章华觉得无比诧异。

他甚至不明白吴瀚宇哪来这么大火气?但做为男性的自尊和血性,他只得奋力回击,最后的结果是双双挂彩。

这样的恶性事件自然惊动了班主任,不只吴瀚宇受了处分,就连章华也写了检查。

发生了这样的事件,魏雪莹是不能跟吴瀚宇坐一起了,事情总要解决。班主任在班上高声询问,有哪位同学可以勇敢一点,自告奋勇地跟吴瀚宇坐吗?

教室里静极了,大家都紧张得不敢呼吸,就怕不小心被班主任点了名。

墙上的表针在嘀嗒嗒地走着。

魏雪莹很想说,我愿意!可是在那样的场景下,以她柔弱的个性,无论如何也张不了口。

气氛尴尬地僵持着,吴瀚宇冷冷地注视着教室,他想不会有人愿意跟自己坐的。

这样很好,他早就习惯了一个人。如果有了新同桌,他还是会欺负他们的吧?

我,我愿意!教室里突然响起了清脆悦耳的女声。

谁也没想到竟然是韩冰。

韩冰微微地转过身来,冲吴瀚宇笑了笑,在大家惊诧的目光下,麻利地收拾起自己座位上的东西。

吴瀚怀疑自己的耳朵是不是听错了,直到韩冰坐到了自己身边,他才觉得这不是梦,整个人瞬间就呆住了。

竟然有人主动跟自己坐?一股热流瞬间涌上心头,他努力压住慢慢潮湿的眼睛。

她是同情自己吧?这样想时,他的脸便憋得通红,内心更是充满委屈和愤懑。

他冷冷地看着她,露出邪恶而冷酷的笑容,这可是你要跟我坐的,以后不要怪我欺负你!

韩冰静静地看了他一眼,别总是那么强势地给自己贴上坏孩子的标签,只要你愿意改变,你比谁都优秀,而且我相信我们会相处得很好。

说完再不理他,自顾自地收拾起东西来。

那个下午,吴瀚宇第一次觉得自己不再孤单,原来她竟然懂他。

他把脸埋在座位上,任泪水一次次把座位上的课本浸湿。

窗外的洋槐花已经败了,一些葱郁的新绿,在招摇的风里翻滚着希望的波涛,他决定不再做坏孩子……

3

他开始发奋学习,对同学也开始彬彬有礼。

每当有了进步,总会收到韩冰无声鼓励的目光,这让他的内心既温暖又潮湿。他不是一个善于表达的孩子,他和韩冰很少讲话,他们的交流仅限于一个眼神或者一个微笑。
有这样一个漂亮而优秀的女孩懂自己，足够了。

章华常常会过来鼓励他，而更多的时候，却是在和韩冰说笑。看着章华跟韩冰有说有笑的模样，他总觉得心里酸酸的，但又说不出哪里不对。

仅仅只是半年后，他的英语成绩直线上升。当老师点名表扬，同学们报以热烈掌声的时候，他第一次在同学面前哭了。
章华拍着他的肩膀，这才是我的好哥们。他们又回到了过去，紧紧地拥抱在一起。

有时候不经意地抬头，看到一脸冷静而认真学习的韩冰，他觉得自己的心怦怦地跳得好快。她怎么可以生得这么美，还这么善良？或许她就是上天派来拯救他的天使吧！
这样想时，他的内心便会泛起丝丝甜蜜的幸福，他想他是真的爱上了这个外冷内热的女孩。

很快他在班上崭露头角，他的身上开始有了动人的光芒。一年前的那个坏孩子早已没了踪影，取而代之的是另外一个崭新的吴瀚宇。
在他终于考过英语四级的时候，他便想着要向韩冰表白。她在他的心里装了那么久，早就生根发芽了，只是要如何开口呢？
在心里反复纠结了三天，第四天的时候，他决心用漫画来跟她表白。

漫画的标题是《我和你》，那一幅幅插图里藏了他无限的真情，最后一幅是他问，可以做我女朋友吗？

他满怀憧憬地把漫画放到韩冰面前，甚至不敢看她的眼睛，他不知道她会不会拒绝。尽管她一直鼓励他、帮助他，但是却从来没对他有过一丝超越友谊的行为。

韩冰皱着眉头看完那些漫画，脸色一点点地暗了下去，再暗下去。

他紧张地闭上眼睛，心想，完了！看她的脸色，已经给自己判了"死刑"。内心的绝望像潮水一样蔓延。

然而她却扬了扬手中的画，我明天给你答复。

他跌入谷底的心瞬间又浮上一丝希望。那一夜他辗转难眠，他不知道她会给自己什么样的答案……

好不容易熬到第二天，韩冰一脸严肃地递给他那些画，却什么也不说。

他觉得那些画有千斤重，好不容易接住了，本想立即撕毁。没想到韩冰却微笑着说，你不想打开看看吗？

打开看看？他的内心又燃起了无尽希望。

他迫切地展开漫画，紧张得连画都被他撕烂了一个角，他是那么急切地想知道她给了自己怎样的判决。当他看到那行字时，眼睛瞬间就亮了：

坏孩子，拿到外院的本科录取通知书，我就是你的女朋友。

考上外院，他可以的，他一定可以！他在心底为自己加油。

他和韩冰还是很少说话，而章华与韩冰的交流似乎更热烈了。有时候他看着韩冰跟章华聊天时眉飞色舞的表情，他甚至怀疑那行字不是韩冰写的。

可韩冰时不时会来一句，坏孩子，加油！

每当这时，他在心底暗暗笑自己小气。

他一次次对自己说，吴瀚宇，加油！你一定可以的。

4

当吴瀚宇又一次看到章华与韩冰有说有笑地并肩走在校园时，他终于抑制不住自己的猜忌。

真正爱一个人，时刻希望出现在对方身边的那个人，一定是自己。二十岁的相思妙曼也疯狂，他甚至想冲上去跟章华狠狠打一架。

只是现在的他，再也不是一年前那个只懂打架的坏孩子，他要用自己的实力证明给韩冰看，他才是最优秀的！

机会终于来了。在班级运动会的篮球赛上，他挑了一队人马，顺理成章地站在了章华的对立面。

比赛如火如荼，比分一直在双方拼命地追赶中持平。他时不时拿眼睛的余光去搜寻韩冰的身影，然而这样激烈的比赛，容不得他有丝毫的分心。

比分开始逐渐落后，他绝对不能输。他像一只搏斗的困兽，他开始不再寻找韩冰而努力打球。他一定要打败章华，他需要证明给他所爱的女孩看。

结局如他所愿，他们最终以三分的微弱优势取胜。他顾不上擦汗，在啦啦队里四处搜寻韩冰的身影，然而却没有找到。

那一刻，他失望得心都是灰暗的。坐在球场上仰望着远处灰灰的天空，内心里一片空洞和茫然。

不知什么时候，魏雪莹已静静地来到他身边，她默默地递给他一瓶饮料和一条擦汗的毛巾。
他诧异地看着她，看到她的脸色绯红，然后一溜烟跑掉……

当他满怀忧伤回到教室时，座位上却多了一张字条：坏孩子，你真棒，要加油哟！他立刻觉得自己又是一个充满了无限力量的战士。

专升本考试的前一天，他小心翼翼地低声问韩冰，是外院吗？
韩冰微笑着点点头。
他高兴极了，他要等着拿到录取通知书时，正式向韩冰表白。
他想了很多浪漫的表白方式，他沉浸在自己的遐思里，他感觉幸福像花儿一样开放。

5
当吴瀚宇终于拿到外院录取通知书时，他喜极而泣。空气有香甜的桂花香，那是爱情的味道……

他买了火红的玫瑰，还有一条水晶项链，他要正式向韩冰表白。他想，那时他们一定是这世界上最幸福的人……

这样激动人心的时刻,总需要有好朋友见证吧?

他给章华打电话,激动得声音都变了,颤抖地邀请章华做他幸福的见证人。

章华在电话里沉默了半天,终于忍不住告诉了他实情——原来这一切,不过是章华和韩冰想帮他振作而制订的一个激励计划。

不!这不是真的。他哭着骂章华,你小子一定见不得我好,我追到韩冰你不服气!你肯定是看上韩冰了,才会编这样的故事来骗我。

他瞬间瘫在椅子上半天不能动弹,他觉得天都塌下来了。一定要去找韩冰问个清楚,否则他觉得自己会疯掉。

当他终于跌跌撞撞站到韩冰面前时,恰巧章华也在。韩冰看着他失神的眼睛,什么也没说。章华拿出一张纸,用左手写出了"坏孩子,你真棒,要加油"这几个字时,他的心瞬间就碎了。

原来这一切的一切,不过是一个善意的谎言,泪一滴滴落下来,他紧紧地咬住嘴唇不让自己哭出声来。

没人能理解此刻他内心的五味杂陈。

他能怨谁,又能怪谁?他应该原谅他们,还是感激他们?

那一年他去了外院,而韩冰和章华却双双考取了公务员。

第二年做了音乐教师的魏雪莹经常去外院看他。虽然此时的魏雪莹已出落成一个娉婷而优雅的女子,尽管他知道她是为他而来,但是他并不能接受她。

而后韩冰成了章华的妻,尽管他和章华依旧称兄道弟,而他此生永远只能与那个激励自己的女孩擦肩而过,他得管她叫嫂子……

他想,不论此后时光过去多久,那些匆匆年华里,都有这一生最美最温暖的回忆。

昨夜西风凋碧树

1

宋嘉义走的时候，抚摸着苏篱落一头乌黑的短发说，落落，你一定要等我，给我三年时间，等你长发及腰，我就回来娶你。

他说，我出去三年，我们的房子车子都会有，那时我就可以风风光光地娶你。

然后，他就跟着劳务输出队去了科威特的一个油田，那是一个长年气候干燥且缺乏淡水的国家。

那时刚刚大学毕业的篱落，还是一个有着明亮眼神而青涩茫然的女孩子。原本她不同意，她觉得只要嘉义在身边就够了。那些物质上的东西，他们可以一起慢慢努力，可最终却拗不过嘉义的坚持。

嘉义说，一个男人，如果不能替自己的女人创造幸福，那么这个男人的魅力会大打折扣……

送嘉义出国时，篱落在机场紧紧抱着嘉义流着泪，三年的时间也不是太长，我等你回来，我要做你最幸福的新娘。

尽管她那么舍不得嘉义，尽管他们那么相爱，可嘉义有自己的人格和认知，所以她必须尊重。

篱落不止一次在地图上，甚至是网络上搜索嘉义工作的地方，看着看着她的心便隐隐作痛。

那么干燥的气候，那么强的紫外线，她的嘉义吃得消吗？

嘉义一个月给篱落打一通电话，在电话里他们总是抢着问对方好不好。

每次篱落都说，嘉义，你身体还吃得消吗？能习惯吗？如果不习惯就快点回来，我们一起在国内奋斗。

而嘉义总是把胸膛拍得砰砰作响，开什么玩笑？你的嘉义这么强壮，放心吧！你就乖乖等着做我最幸福的新娘。

嘉义每次这样说时，篱落就觉得自己分外幸福。

她想到了洁白的婚纱，布满鲜花的礼堂，然后她和嘉义互换戒指，再然后他们一起走向幸福明天……

第一年春节，嘉义回来了，陪了她一周，并给她买了价值不菲的项链。

他搂着她叹息着，我的落落再等我两年，两年后我们就可以幸福地在一起了！

他们去郊游，看着山坡上一簇簇的迎春花，篱落觉得自己也是一朵娇柔而幸福的迎春花。

第二年春节，嘉义回来的时候，带了一个LV包给篱落。

他说，落落，你看，你的嘉义有能力让你过上幸福的生活了，再等我一年。

篱落抱着那个包就哭了，她说，嘉义，你真傻！你明知道我需要的是你，不是这个没有生命、没有感情的奢侈品。

而嘉义却说,落落,这些我都知道,但这是我爱你的方式。

而如今二十四岁的苏篱落不只头发养长了,而且已出落成一个知性优雅的都市小白领。她在满心欢喜地期待着,期待着一个叫嘉义的男子回来娶她,她即将成为这个世界上最幸福的新娘……

麦克还是会每天一束鲜花往篱落办公室送。无论篱落怎么拒绝,他都坚持。感情的事只能顺其自然。
麦克是篱落单位的销售部总监。

马上春节了,离嘉义回来的日子愈发近了,篱落满心欢喜地憧憬着……

2

春节一天天近了,篱落收到嘉义寄来的包裹,是一枚一克拉的钻戒。
他在电话里深情地说,落落,再等我半个月,半个月之后我就回来娶你。你知道我等不及要娶你,我等不及啊,一天也等不及!所以我提前寄回了戒指,就算是约定吧,你可不能反悔哟。
篱落笑得眼泪都出来了,她跟他撒娇,约定的不算,没有求婚就不算。
他宠溺地妥协着,不算,不算!等我回来买个更大的,再正式向你求婚。
篱落想到嘉义马上要回来了,举着那枚大大的钻戒,开心得像个孩子。

可除夕前一天,嘉义却突然打来电话说自己不能回来了,要篱落再等他三年。

篱落一下子就崩溃了,在电话里歇斯底里地喊,三年再三年,你知道我是什么感觉吗?我需要的是人,不是这些没有生命的物质。
不等嘉义回应,她就果断挂了电话并关机。

第二天篱落向单位请了假。
一个人漫步在挂满红灯笼的街上,一种无言的孤单瞬间裹得她透不过气来,她不明白嘉义怎么了。

约了阿姐在老树咖啡店喝咖啡。
阿姐是篱落学校里最好的姐妹,两人好到形影不离,因为长篱落一岁,所以篱落一直阿姐阿姐地叫了这么多年。
阿姐看到无精打采的篱落,开口便问,你和嘉义之间出了问题吗?
篱落苦笑了一下,他寄来了钻戒,要我再等他三年。
他不是说好三年的吗,怎么又来一个三年?女人的青春可是有限的,这样三年又三年,你要等到什么时候?阿姐不满地愤愤道。
面对阿姐的分析,苏篱落只能沉默,也只有沉默才能代替她现在所有的心情。

阿姐看着篱落忧伤的表情,那个麦克你要不要考虑一下?他条件不错,而且对你又一往情深,这样的男人你可不要错过!
篱落望着窗外璀璨的灯火,幽幽地叹息着,你知道我跟嘉义的感情,就算开始一段新的恋情,至少也要我和嘉义之间有了结果。
你就是上辈子欠了宋嘉义的,否则只是一个承诺,就要你三年又三年地等?

阿姐这样说时，篱落便觉得或许自己真的上辈子欠了嘉义的。
否则她怎么会那么爱他？爱到他一个承诺，她便傻傻地等。
如若不相欠，又怎会有相见？

她与嘉义的认识，源于一次狗血剧式的英雄救美。篱落和阿姐逛街不小心被偷了钱包，而正巧被高大帅气的宋嘉义抓了现形。自然嘉义就成了篱落眼中的英雄，更巧的是篱落的学校跟嘉义就隔了一条街。
嘉义开始疯狂地追篱落。
他给她买花，送热气腾腾的早点；为了能多看到她，他跑到她的学校陪她上晚自习；他在宿舍楼前用蜡烛摆成她的名字向她表白……
那时他们也真是年轻呀！她们的爱情轰动了整个系，亦不觉得张扬，仿佛还觉得爱不够。他们就这样你侬我侬地爱到大学毕业，只是一个月两三千块的工资，想在这个城市安家，只能遥遥无期。

宋嘉义再三权衡，选择了出国打工，却要以他们两地分居为代价。
篱落的泪一颗颗滚了下来，嘉义的好，一点点在眼前浮现，她拨了他的电话。
可电话却无法接通，打不通电话，更让篱落伤心欲绝。

漫步在光秃秃的林荫道上，瑟瑟的凉风从身边刮过，她感觉那些寒凉直逼心脏。她的家在哪里？嘉义心底的风又在向哪个方向吹……

3

刚走进楼道，一眼便看到麦克那高大而魁梧的身躯。

他一手支着门框，头搭在胳膊上，焦虑而紧张地望着电梯的方向。那样一个在职场叱咤风云的男子，在这一刻却怯弱得像个孩子。

篱落只能在心底无声地叹息着，如果她先遇到的是麦克，也许她会爱上他吧！这样一个痴情的人。

可是，这世间太多的缘分……

她只能站在电梯口不再移步。

麦克看到篱落时整个眼睛都亮了起来，你回来了？没事吧？苏篱落只是微微地摇摇头，僵在原地不再向前。

这样的尴尬，麦克已不是第一次经历了。看不到篱落的回应，他习惯性地扶了扶鼻梁上的眼镜，看到你没事就好，那我先回去了。说完朝篱落温和地笑了笑，然后慢慢地去按电梯。

篱落就那样茫然地看着他走进电梯，然后再合上。两年了，她给麦克的永远是这个表情，因为她有嘉义。

而麦克却还是义无反顾地默默守护在她的身边。

又一个痴情人，多情又添一番惆怅！尽管她不是一个无情的人，可是她的情都给了嘉义。

嘉义的电话终于打过来了，可他还是坚持要篱落再等三年。

篱落问他，你就不怕我对别人动心吗？嘉义说，你有我，所以你不会。

她说，宋嘉义，你知道我爱你，所以你欺负我。

嘉义却在电话那端无限深情地说，如果你认为这是欺负，我要欺负你一辈子。

她的泪再次落了下来。这是一个多么自私的男子，他笃定了自己爱他，所以他可以这样肆无忌惮地要她等。

可是，她真的爱他呀！爱情很多时候就似罂粟，明知有毒却欲罢不能！她不是没想过放弃，可那么多美好的回忆，叫她如何忘记？又如何舍得？

好，我等你！她又一次违背了自己的原则，因为她早已认定了这个男子。

半年过去了，满街道的合欢花都开了。看着很多情侣在合欢花前拍照，篱落心底的酸楚和落寞，如那灼烈而盛大的合欢花，绽放得没了边际。

篱落一遍遍在心底告诉自己，她可以，一定可以等到嘉义回来。

4

半个月后，却等来嘉义即将娶妻的消息。

篱落怎么也不信。

她哽咽着，嘉义，我们之间那么多美好的回忆，我不相信你会忘了。如若你的新娘不是我，你会幸福吗？

宋嘉义冷静地说，苏篱落，你太傻了！我们什么都没有。四年不见，我们的情早就薄了凉了，薄了凉了，你不懂吗？若不信，可以过来参加我的婚礼，我寄请柬给你!

嘉义都这样说了,她还能说什么呢?

篱落感觉被人捅了一刀,在心底。虽然看不见伤,却有无数的鲜血源源不断地朝外喷涌。

她觉得她的心那么痛,那么痛!痛到她都不知道自己是不是还活着。

收到嘉义寄来红色烫金请柬时,她不得不相信,原来她苦苦等了四年的嘉义,真的要结婚了。

只是新娘不是她,不是她而已……

她泣不成声地打电话给阿姐,阿姐说你把他忘了吧!你看麦克多好啊,我希望你幸福!

她抑制不住地号啕大哭,感觉自己的心被千万只蚂蚁啃噬。她开始彻夜彻夜地失眠,那种锥心蚀骨的痛,搅得她一刻也不得安宁,她甚至开始酗酒。

麦克休了年假陪她。不管篱落如何闹,他都不责备她半句,只是变着法子逗她开心。

有一天篱落在凌晨酒醒时,看到麦克正在厨房里忙前忙后给她做宵夜,床头还放了一杯冲好了的蜂蜜水。她的鼻子一酸,从床上跳起来贴着麦克的背说,你娶我吧,我们结婚!

没想到第二天,麦克果真买了钻戒向篱落求婚。

天下多了负心人,面对这样一个痴情的男人,她还能说什么呢?

他们很快领了证。只是他们的蜜月,她决定去科威特参加宋嘉义的婚礼。可她却不知道要如何跟麦克开口,她觉得自己真是一个自私的人。

她把自己的决定告诉阿姐,本以为阿姐一定会骂她,可是阿姐却语重心长地说,傻丫头,你试着跟麦克沟通,没准他会同意呢?我了解你,去了,亲眼看到了,你就死心了。

是呀!亲眼看到,她就死心了!她那样了解她。

泪再次落下来,她要忘记无情无义的宋嘉义,然后开始她跟麦克的幸福生活。

当篱落忐忑地把这个决定告诉麦克的时候,他只是宠溺地吻吻她的额头,你是我妻子,你做任何决定我都支持你!

她没想到她的麦克会这么宽容,面对他这样的深情,篱落的泪又落了下来,一滴滴落在麦克煮好的咖啡里。

她动情地扑进他怀里,第一次无限柔情地对他说,你放心,蜜月回来,我的世界只有你。

麦克紧紧地拥住篱落,深情地看着她的眼睛,我相信!

5

当她和麦克到达嘉义所在的城市,一股扑面的热浪仿佛瞬间要把她蒸发掉,她的泪又落了下来。这哪里是人待的地方?可嘉义却一待就是三年多,她真不知道他是怎么熬过来的。

嘉义的婚礼在一间教堂举行，新娘是一个阿拉伯女子。人不怎么漂亮，黝黑的皮肤高高的鼻梁，只是她跟嘉义站在一起的时候，就显得万分的般配。她的鼻子一酸，泪就流了下来。她不知道从何时起，那个白皙而强健的嘉义，竟然变得又黑又瘦。

为什么她的嘉义那么瘦？她很想冲上去，可是整个婚礼过程中麦克都紧紧握着她的手。任她内心再千回百转，而她必须清醒，此刻她只是一个远方来的观礼人。

整个婚礼，嘉义都没有多看篱落一眼，他的眼里只有他身边的那个女子。

篱落的泪一滴滴往下掉，麦克心疼地把她揽进怀里，轻柔地用纸巾拭去她眼角的泪水，哭吧，哭吧！哭完了就只剩下幸福了！

篱落哭着哭着就突然不哭了，她微笑地扬起头，一个负心的人，不值得我再掉眼泪，我们走吧，她甚至都没有跟嘉义告别。

相爱从来是两个人的相互珍惜，而不是一个人的苦苦纠缠。既然他有了自己的幸福，她又何必再去打扰他呢？

两年后，她跟麦克的儿子已一岁了。他们在合欢树下合影，照片里的她一脸的幸福和满足。她想，眼前这个体贴而宽容的男子，才是她应该好好珍惜的良辰美景。

偶尔也会想起嘉义来，可那不过是一个薄幸人，而且是一个很久远的故事了。

一天接到一通陌生电话，是嘉义在科威特的妻子打来的，说是有事要跟她谈。对方告诉她，宋嘉义死了，死于肺癌。在确诊后找到自己，他们之间不过是演了一场戏,现在就把嘉义托付的遗物寄过来。

篱落感觉晴空一声惊雷。

不,这不是真的!她疯了一样,一遍一遍跟对方核对着消息的真实性。

而对方一再保证这是真的,她还是不相信,她觉得这就是自己的一场恶梦。

直到十多天后收到对方寄来的嘉义留给自己的遗物,除了在嘉义出国前她送给他的领带之外,还有一张银行卡。

嘉义留了一张字条说:落落,这卡里有五十万元,是我这几年的全部积蓄,密码是你的生日。请原谅我食言了,不能娶你,更不能陪你到最后,愿你幸福!我爱你,永远爱你!

瞬间篱落像一堆泥一样软了下来,张着嘴半天却哭不出声。

麦克过来急促地拍打着她的肩膀,她还是没有反应。

麦克急了,剧烈地摇晃着篱落。

她终于回过神来,开始号啕大哭。

麦克紧紧地抱住她说,你要坚强一点,他的婚礼,只是他希望你能好好活下去而导演的一场戏,你不能辜负了他的一往情深!

篱落泣不成声地问,你们都知道,包括阿姐?

麦克悲戚地点点头。

她痛苦而绝望地闭上了眼睛,悲伤像洪水一样,瞬间便把她淹没了。一直以为他是薄幸的人,原来他才是这世间最痴情的人,而如今她又如何配得上他的深情?

而他那么了解她，只有恨能支撑她好好活下去。所以他宁愿她恨他，也不让她接受那样的残酷。

所以他看似残忍，实则深情地导演了这一切。无声的泪再次把篱落包裹，原来这世间有一种人，把爱人看得比自己的生命更重。

看着那些繁华的合欢花，篱落擦干脸上的泪痕对麦克哽咽着说，我们拍一张最美的合影，我要把它烧给嘉义看，不然他一个人在那边很孤单。

好！麦克配合地摆起了造型。

她把那张银行卡紧紧地捂在了胸口上，嘉义将是她心口那永远的一点红。

后来在贵州的一个边远山区，新建了一座以嘉义命名的希望小学。

篱落说，嘉义会永远留在人间。

那年的爱情,隔夜的灯

1

一下飞机,苏锦西的手机便嘟嘟地响着,帅气儒雅的未婚夫杰西已来接机。

出了机场,锦西无暇顾及杰西热烈的眼神,贪婪而痴迷地嗅着空气里熟悉的家乡味。看着眼前曾经熟悉,现在又陌生疏离的景物,一种恍如隔世的错觉在心头无声蔓延着……
四年了,真是翻天覆地的变化。只有路边高大的槐树和热烈盛开的石榴花,还证明着这是自己曾经生活过的城市。

锦西走的时候,刚过完二十二岁生日,准确地说她是被父亲强制押送到法国的。
大二时她迷恋上了一个流浪歌手。长相酷似张信哲,不是太高的个子,身材消瘦,却有着凛冽的眼神。

那是元宵节前的一个黄昏,天气还有着乍暖还寒的薄凉,她独自穿过南门广场去看城墙上的灯展。
路过南门桥洞时,一堆人围着一个在唱歌的男子。只是听到断断续续的几句,锦西便有着赏心的共鸣。她费力挤进人群,一个面容冷峻、眼神漠然的青年男子正坐在一张折叠凳子上，自弹自唱着方炯镔的《遗憾》。

磁性而深情的声音，优美而灵动的和弦，伤感而沉郁的眼神。完了，完了。她看到他的第一眼，心便咯噔一下突突跳起来，她觉得一定在哪里见过他。

一曲终了，人群里响起了热烈的掌声，然后是三三两两地打赏，锦西静静地搁下一张百元大钞。

他却并没有抬头，还是自顾调着琴弦又开始唱起新的歌曲，这样自以为是的富家女，他见得多了。

不记得他唱了多久，围观者换了一波又一波，而她浑然不知。她只觉得他唱得太好了，好到她的世界里只剩下他的歌声。

他开始收拾东西准备离开时，看她还在，便诧异地问她，美女，你不回家吗？

她回过神来，脸一下红到脖子。几点了？她紧张而不知所措地问。

十点，他抬腕看了一眼，皱着眉头有点冰冷地催促着，你快回去吧，太晚了，一个漂亮女生在外不安全。

然后继续整理自己的东西。

她看他匆忙的样子，小声问他，你还需要去演出吗？

不了！他露出清澈的笑容，干脆而清晰地回答她，今天收入不错，我准备去看城墙上的灯展。

看灯展？太好了！她的一颗心一下子就飘了起来。

她迅速整理好激动的心情，一脸期待地问他，我们可以同行吗？

他不说话，只是静静地看着她。她等不到他的回答，只得低着头不安地揉搓着衣角。

感觉过了好久,他还是不说话,她便继续紧张地解释着,本来也是去看灯展的,结果听你唱歌就忘了时间,说完她的脸更红了。
她想,如果他再不同意,她只能回去了。

他看到她窘迫局促的样子,不动声色地笑了。显然对面的女子,还只是稚嫩而青涩的小女生,跟他以往认识的那些女子都不同。
这样简单而纯粹的干净,他喜欢。
当然,如果你愿意,你可以跟着我。他说完便背起吉它走在了前面。
真的?她激动得声音里都有了颤音,一路小跑地跟上他的脚步,她感觉自己整个人都是飘飘然的。

2
那些五颜六色造型各异的灯笼,挂在古老的城墙上。这样的场景,像极了宫廷剧里的布景。也许临近十五,月亮便格外的明亮。皎洁的月光,映着璀璨的灯火,美得就像一场朦胧的梦。
他们并肩站在城墙上,锦西微微扬起脸,看她身边的这个男子,他的脸上有着让她迷恋的芬芳。看得她怦然心动,然后又有着莫名其妙的欢喜和惆怅。
她想,这就是爱了吧?

可怎样才能与他更近一点呢?做他的歌迷似乎是个不错的选择。
这样想时,她便拢了拢被晚风吹得有些凌乱的长发,鼓起勇气对他说,很喜欢听你唱歌，我叫苏锦西，可以做你的歌迷吗？

他微微愣了下，随即伸出修长的手，欢迎欢迎，流浪歌手林承旭。双木林，言承旭的承旭。

他们的双手很自然地握在了一起。

在触到他手的瞬间，她激动得几乎不能自持。

尽管这是他们第一次亲密接触，可有些人之间，遇到便注定会有千回百转的故事发生，比如说她和林承旭。

看完灯展，他们去德福巷喝了咖啡。咖啡厅里缓缓流淌着颇为小资的《安妮的仙境》，她的心突突地跳着，她好想好好与眼前这个男子谈一场恋爱。

都说女孩子要矜持，可是她不想去想那些。一个女孩子主动向一个男孩子表白，那更需要勇气。可她不管不顾了，谁让他是那样让她心动。

她怕迟一步，便会错失一生。

锦西不安地搅动着杯子里的咖啡，最后还是孱弱地开了口，林承旭，我喜欢你！

他微微地笑了，一脸邪恶地看着她，你们女生都是这么来搭讪男生的吗？他决定再试试她。

她的脸一下红到脖子，桌上的咖啡也在紧张之中被打翻，有服务员过来收拾，气氛顿时陷入紧张的尴尬。

她急了，眼泪都出来了，我是认真的，她小声说。

他看着眼前这个手足无措的女孩子，深深地叹了口气。以前，他觉得女人都是用来游戏的,可看着一次次脸红的她,他决定不再捉弄她。
我是开玩笑的,我也喜欢你。你看你这样一个漂亮而且很容易害羞的女生,哪个男子见了会不喜欢呢?他看着她的眼睛认真地说。
后来,他吻了她。
尽管她的吻笨拙而羞涩,但是他喜欢。

他们迅速坠入热恋。

3
只是林承旭不知道,他怀里的这个可人儿竟然如此富有。虽然只是学生,却可以毫无顾虑地购买限量版的香奈儿,原来她的父亲是上市公司的董事长。这常常让林承旭觉得既幸福又忧伤,他只是一个没有事业也没有背景的男子,他们的未来在哪里呢?

而锦西对林承旭简直迷恋到了极致。在他面前,她从来不端大小姐架子,给他买成千上万块一件的衣服。尽管他总是拒绝,可是她愿意。她甚至陪着他去桑拿浴般的广场上卖唱,亦不觉得委屈和丢人。他的微笑,他的眼神,甚至是他生气时冷漠的样子,她都觉得是那样的迷人,那样的让她心动不已。

尽管很多时候林承旭会惶恐他们的未来,但却并不妨碍他对锦西好。这样一个纯粹而真诚的女子,他没有理由不爱她。
他带她去吃本市有名的小吃,常常唱歌给她听。甚至还专门给她写了一首名叫《永远爱你》的歌曲，在"滚石""1+1""金翅鸟"等有名的迪厅，当着几百人的面深情款款地献唱给锦西。

那时锦西觉得，自己就是天底下最幸福的女人。
为了陪林承旭演出她竟然翘课，虽然林承旭一再劝阻，可她就是管不住自己，她经常撒谎学校没课。

林承旭常常宠爱地抚摸着锦西的脸，一脸忧伤地说，傻丫头，你不能这样下去。你有大好的前途，我不能害了你！当时因为家里凑不够学费，我没能上大学，这本身就是一种遗憾，而如今你看我什么也给不了你，这样下去我们是没有未来的。
可锦西不管，她只想天天跟眼前这个男子腻在一起。尽管他没有学历，没有背景，可她就是爱他。
林承旭曾为了不影响锦西，甚至跟锦西提出了分手。

可是锦西跟疯了一样，林承旭走到哪里，她便跟到哪里，林承旭最后只能心疼地妥协。
你真是一个傻丫头，你这样跟着我，何苦呢？他流着泪，深情地吻上她的额头。
她看着他含情脉脉的眼神，便觉得自己所有的付出都值得。

然而，纸终究包不住火，到大四的时候，由于翘课太多，锦西被学校开除了。

父亲大怒，强制要把她送去法国，她以死威胁，父亲比她更狠。
不就是一个唱歌的吗，如若你不去，我叫他在这个城市混不下去。
她知道父亲的能力，他一定会说到做到。临走时锦西哭成一个泪人，死死地抱住林承旭不放，林承旭，你一定要等我回来！
林承旭含着泪允诺着，一言为定！

4
锦西走了之后，林承旭便换了手机号码。

那段时间锦西觉得她简直要疯了。父亲早算计好一切，给她的生活费仅够她最基本的生活，她没钱买回来的机票……
她必须要见林承旭一面。
她偷偷地勤工俭学，曾经十指不沾阳春水的她，义无反顾地去餐厅洗盘子，那一叠叠的盘子洗得她两眼发花，洗得她的手都脱了皮……
可当她历经千辛万苦回去时，任她找遍他们一起走过的大街小巷，还有他经常演出的演艺厅，也找不到林承旭的半点消息。

她跑去质问父亲。
父亲轻蔑地笑了，我给了他一笔钱。
她慌了，歇斯底里地冲父亲喊，你骗人，林承旭才不是那样的人。
父亲拿出有林承旭签字的一张收条，三十万人民币。

她把那张字条撕得粉碎，三十万元他就出卖了他们的爱情？泪一串串流下来，她的身子瑟瑟发抖，这就是成人的世界？
她恨林承旭，是那种咬牙切齿的恨，她把自己的嘴唇都咬出了血。
心被掏空了，泪不知道流了多少。独自徘徊在熟悉的街道，她觉得自己就是枝头上的枯叶，失去了水分，心已枯萎。
父亲说，孩子，成人的世界你不懂！回去读书吧，那个男人配不上你。
再返法国，她已不打算回来。

可如今父亲的公司岌岌可危，他需要用她的婚姻来为他力挽狂澜，所以锦西必须回来。
跟杰西联姻，是一个不错的选择。跨国集团公司总裁的儿子，曾留学英国多年。
那是一年前的暑假，父亲带着锦西去英国谈笔业务，顺便拜访了自己的老友。没想到他的儿子杰西对锦西一见钟情，面对高大英俊有礼的杰西，锦西并不反感，双方的家长一拍即合，订下了这桩婚事。

此时二十八岁的锦西，不只有着巴黎的优雅与知性，更是多了岁月馈赠的温润。没了林承旭，嫁给哪个男子应该都没有本质的区别吧？
她的心，早被一场飞蛾扑火式的爱情伤得千疮百孔。她现在所需要的，无非是岁月静好，现世安稳。

只是杰西太安静了。看着温柔给她夹菜、沉默不语的杰西，锦西有一种怅然若失的感觉。不可否认，杰西的确是最适合的丈夫人选。他温柔体贴，温润如玉,不管锦西如何无理取闹,他都是一脸的淡然宁静。

可这总让锦西觉得不真实,他们之间缺少烟火的气息。她常常不由自主地想起林承旭的谈笑风生。
可是,那个自私而冷漠的男子,把她伤得那么深,为何她还会常常想起他?

5
为了商业炒作,她和杰西不日成婚的消息上了头版头条,她笑得一脸灿烂。只有她自己知道,那些笑容更像是即将颓败的花,婚礼定在春暖花开的三月举行。
父亲公司的股票,很快便在这样一场婚讯里上涨。

元宵节的时候,锦西想起了六年前的那个灯会,她决定再去城墙上看看。
五彩的灯笼在墙头迎风招展,那夜的一切仿佛又在眼前重现。
那时,她想到了《倾城之恋》里白流苏与范柳原的对白——今夕何夕,遇此良人?
可是如今,他不是她的良人,他只是一个薄幸的负心人。
谁念西风独自凉?看着那红彤彤的灯笼,她觉得那就是一抹抹刺眼的血。风呼拉拉地刮着,尽管时光过去了很久,可是她的伤口还会隐隐作痛,泪还是慢慢落了下来。

独自漫步在灯火阑珊的德福巷里,路过第一次和林承旭喝咖啡的地方,路灯把她孤单的身影拉得很长很长,她一个人来来回回走了很久。

马上就要结婚了,或许很多路,注定不能与你想要的那个人同行。

杰西发来短消息,亲爱的,你在哪里?需要我来接你吗?

好,她发了自己的坐标。

很快杰西便来了。看她立在风中,他并不说话,只是体贴地从车上拿了外套,轻轻地披在她的肩上。

你看,这就是杰西,他总是那么心细如发,体贴入微。

锦西第一次主动牵了杰西的手,冲他温柔地笑着,走,我带你喝咖啡去。

走进和林承旭第一次喝咖啡的地方,一切似乎都没有改变,然而一切又真的不同了。

现在生活里所剩的,不过是顺应自然的妥贴。只是此时咖啡厅不再播放背景音乐,有专门的琴师弹奏。听着悦耳的钢琴曲,锦西说,杰西,你弹首歌给我听吧。

杰西便真的走了过去,由《罗密欧和朱丽叶》到《安妮的仙境》,再到《蓝色的爱》,一曲又一曲。

杰西的眼神热烈而认真……

6

婚礼在本市有名的五星级酒店举行,场面热烈而盛大。

浓郁而芬芳的鲜花,流光溢彩的香槟塔,门庭若市的宾客,完美得跟童话里走来的新郎新娘，更完美的还是男女方显赫的家势。
无数的闪光灯，此起彼伏。
席间演出公司带来的节目更是精彩纷呈，锦西带着优雅而迷人的微笑，和杰西优雅地穿行在众宾客之间。

舞台上的歌曲突然变得深情缠绵起来。那么熟悉的歌曲，那么熟悉的声音，世间竟然有如此相像的声音吗？
当她慢慢地转过身，坐在舞台上自弹自唱的，不就是那个让她既爱又恨的林承旭吗？而唱的正是那首他曾一次次当着几百人面前献唱给她的《爱你到永远》。
只是此刻他的眼神那么苍凉，那么绝望……

锦西身子一僵，脸色瞬间变白。多么狠毒的一个男人！欺骗了自己，却要跑到自己的婚礼上来搅局，锦西的心痛到无法呼吸，可是这样的场合她只能撑着。
借口去了洗手间，泪像断线的珍珠不断地往下掉。等她终于整理好情绪再出来时，林承旭已经走了。

半个月后度完蜜月回来，收到一个包裹。打开之后，一封封的信像雪片一样散落了一地。这些信都是写给苏锦西的，作者来自全国各地。
统一的主题是感谢锦西姐姐圆了他们的大学梦。那些票据加在一起，整整三十万元。
其中一封短信是林承旭写的。

锦西，我爱你，永远爱你！当年你走后伯父找到我，拿三十万元收买我们的感情，他说我给不了你未来。为了让你死心，我拿了那些钱，但都以你的名义去资助了贫困大学生。希望你不要再恨我，如今看到你有好的归宿，我感觉很欣慰，祝你永远幸福！

锦西无力地跌坐在沙发上，把那些信紧紧地搂在怀中。
原以为他不过是她的薄幸人，却没想到他的放手只是为了成全，这是另外一种博大的爱，不以占有为目的的爱。
泪水又模糊了双眼，恍惚中那些漂亮的红灯笼还在眼前晃呀晃……

离人心上秋

1

爱上一个人,便会留恋一座城。冷小秋之所以会留在杭州,全是因为于阑非。

他们第一次见面,是在Z大学的图书馆。当冷小秋抱着一叠书往外走时,突然发现外面下着雨,而自己并未带伞。她看着天空惆怅,却不小心一头撞进了迎面而来的一个男生怀里。书散落了一地,隐隐有柠檬的清香袭来,这是她喜欢的味道。

你用的是柠檬味的沐浴露吗?她脱口而出。

他轻轻地"嗯"了一声。

她顾不得去拾那些书,一边揉着发痛的额头,一边忍不住打量眼前的男子。瘦瘦高高的身材,清澈而明亮的眼神,多么清秀俊逸的男生啊。她的一颗心怦怦跳起来,她感觉与他在哪里见过,一时却又想不起来。

我们以前见过吗?她揉着发痛的额头,疑惑而认真地问。

听她问得这样认真,他也生了疑惑。快速地拾起那些书递给她,然后不好意思地摸摸头看着她。

他们就那样傻傻地对望着。

于阑非,这时有经过的男同学大声叫他的名字,但看到他身边站着一位好看的女生时,便挤着眼睛走开了。
她红着脸问他,你叫于阑非?
嗯!于阑非,经济系14届的学生,他笑着对她说。
15届的冷小秋,不过我学的是广告设计。
她连珠炮似的脱口而出。突然意识到自己说得太快,她又尴尬地抱紧了怀里的书,焦虑地看了一眼外面的雨帘,叹息一声。

小师妹!着急吗?我送你吧!他看出她的窘迫,扬了扬手中的伞。
好呀!听他叫她小师妹,她觉得心里暖暖的。她想到《笑傲江湖》里令狐冲对岳灵珊的一往情深,脸更红了。
走吧!小师妹。他一边撑开伞一边揽住她的胳膊,他的动作那么自然,俨然他们就是一对情侣。

紧挨着他的胳膊,冷小秋觉得自己的心像汹涌澎湃的海浪。一滴滴雨滴,挂在硕大而挺立的白玉兰上摇摇欲坠,使得那些玉兰更像一只只挺立在枝头的小鸽子。冷小秋觉得自己的心,也像一只扑棱棱要腾空而起的鸽子。
他们在雨里并排走着,他看着身边的她,感觉亦是那样心动。
师妹,小师妹!他不自由自主地叫着,他喜欢用小师妹这个称呼叫自己喜欢的女生,他觉得有一种生动的芬芳。
她听着他叫得那样的暧昧和柔情,脸上更像一朵娇羞的花了。

2

快到她宿舍时,他望着她的眼睛,一脸情深地说,小师妹,你做我女朋友吧!
她愣了一下,微微低下了头。
她喜欢眼前这个男生,从见到的第一眼便觉得似曾相识。只是这样刚认识就接受他的表白,会不会太不矜持?

她努力压抑住慌乱的心情,羞涩地看了他一眼,然后接过他手中的书,扭头跑开了。等她到了宿舍门口,转过身时他还傻傻立在雨中。
她冲他挥挥手,于阑非,谢谢你,改天见!
你不说话,我就当你默认了!他等不到她回答,又拔高了声调。
她还是不说话,只笑盈盈地看着他。
师妹,明天见!他见她看他,高兴地冲她挥着手,慢慢消失在雨中。

看着他渐渐远去的背影,她第一次觉得春天的雨这么美,这么美……
她想,这就是爱的感觉吧?
他们很快坠入爱河。

情到浓处,多么肉麻的话,也觉得不够。有时候冷小秋会情不自禁地问,于阑非,你说,我们是不是发展得太快了?
每当这时,于阑非总会轻轻地抚摸着冷小秋乌黑油亮的短发,柔软地吻着她的额头,无限深情地说,一点也不快。小师妹,你不知道,我都等了二十一年了。二十一年,那是一个多么漫长的等待?你知道吗,小师妹?

冷小秋扑哧一声就笑了,你骗人!心底却开满了幸福的花儿,一朵又一朵,像夏天的蔷薇。多么幽默而风趣的男孩子啊!一句最简单的情话,也能被他说得那么饶有情趣,叫她如何不爱他呢?

冷小秋总会看着于阑非好看的脸呆呆地问,于阑非,你说,我们一定上辈子见过,你说对不对?

于阑非便会一本正经地说,岂止是上辈子,还有上上辈子。你不知道吗?我们的名字早就写在三生石上了。

冷小秋便大笑,笑得一脸的幸福和乖巧。

小师妹,你上辈子是女巫吧?于阑非常常看着顽皮得像个孩子似的冷小秋,一脸认真地说。

你还是男巫呢!看着冷小秋气呼呼地噘着嘴,于阑非更加认真了。我确定,你上辈子一定是个女巫,我被你下了咒语,所以这辈子才这么爱你!冷小秋扑哧一声又笑了,那我下辈子,下下辈子还要做女巫!

在爱情里,又有哪一个女子不喜欢听这样的情话呢?

跟冷小秋相处得久了,于阑非才发现,温顺只是他对冷小秋的一种错觉。她总有很多稀奇古怪的想法,她甚至常常不按常理出牌,这让于阑非常常哭笑不得。

他们那么好时,这些性格上的差异,都可以忽略不计。

3

相恋两年，于阑非从未送过什么贵重礼物，反倒是冷小秋给他买了不少。冷小秋的父母在上海经商，家里并不缺钱，因此对钱也没概念。

而陌白倒是隔三差五寄来礼物。不是香奈儿的香水，就是雅诗兰黛的化妆品。冷小秋转手就送了人，尽管她知道他的深情，可她眼里只有于阑非。陌白是一个沉默内敛而倜傥俊朗的男子，尽管一直以来对冷小秋青睐有加，可无奈郎有情，妾无意。

那时冷小秋觉得自己就是一只幸福的小鸟，而于阑非是她的天空。
于阑非大学毕业去了杭州工作，一个月六千块的薪水。每月固定寄给家里两千，除了生活费，剩下的便不多了。他们商量着，冷小秋毕业了一起在杭州奋斗。
好在Z大离杭州不算太远。周末或者假期的时候，冷小秋常常去杭州看于阑非。买周五的卧铺，睡一觉便到了杭州，周日的晚上再在火车上睡一觉，便又回到了Z大。

他们一起去白堤漫步，看雷峰夕照，吃楼外楼的叫花鸡，甚至还去灵隐寺求了姻缘，可签并不好。可那时他们那么好，冷小秋不相信，迷信的东西，怎么当得了真呢？
他们去得最多的还是断桥，常常在断桥边一坐就是半天。于阑非请冷小秋喝三块钱一杯的酸梅汤，冷小秋亦不觉得寒酸。

而到消费多的时候，冷小秋便抢着咋咋呼呼地结账，于阑非经常红着脸喊，咳，师妹！

嗯？冷小秋便用眼神制止他。

这常常让于阑非酸楚而惆怅。每月工资只剩四千块，杭州的消费又这样高，那时房价两万多一平。他从农村出来便不可能再回去，所以他必须得节俭。

时光过得飞快，转眼冷小秋便要毕业了，想到马上就能永远和于阑非在一起了，这是一件多么幸福的事情啊！

可父母死活不同意。

冷小秋是家里独女，父母已替她在上海安排好了一切，包括适合结婚的陌白。

他们说，贫贱夫妻百事哀。婚姻终不比爱情，你谈恋爱时玩玩也就算了，结婚是一辈子的事情。她没想到，自己的父母这样势利。

我要去杭州，我要与我爱的人在一起！你们不可能跟我过一辈子！

父母再三劝阻，却终拗不过她，她从小便倔强。

好吧！父亲叹息着，你年轻，还有犯错误的时间。只是去了杭州，我们便不再管你，实在不行你还可以回上海。

冷小秋一脸决然地说，你们放心吧，不会有那一天的。

父母笑，是冷笑。

陌白带了硕大的钻戒向冷小秋求婚，秋妹妹，你嫁给我吧！郎骑竹马来，绕床弄青梅，你我若在一起，不也是一段佳话吗？那是陌白在她面前说的最有文采的一段话。

不！你只是我的陌白哥哥，于阑非才是我的那个郎。

我会一直等，除非你结婚了，陌白仍不死心。

那你就等着喝我的喜酒吧，陌白哥哥。冷小秋调皮地眨眨眼睛，笑得一脸温柔。

尽管陌白心痛得要死，可他还是努力地挤出一丝微笑，好，我等着！

谁叫他爱她呢？面对这个古灵精怪的丫头，他是一点办法也没有。从十岁那年第一次被她捉弄之后，他便觉得这个女孩子这样有趣，幻想着等他长大了一定要娶她。

如今十五年过去了，他对她的深情，已在心底长成了一棵枝繁叶茂的树，只是她却成了别人的女朋友。

只要她还没嫁给那个男人，他便还有机会，他固执地想。

4

于阑非说，小师妹，等我攒够了首付，我就娶你！

冷小秋觉得自己真幸福，她带着无数的憧憬和希望，就这样义无反顾地去了杭州。

可是杭州的工作并不顺利，起初于阑非还会安慰和鼓励冷小秋。

没关系，小师妹，慢慢总会找到适合你的。

一年时间，冷小秋已换了五份工作，每一份工作的时间都没超过两个月。而工作不能长久的原因，就是冷小秋那些稀奇古怪的创意太过前卫，然后便被炒了鱿鱼。

人的忍耐都是有限的，安慰多了，于阑非便只有疲惫和失望。

而过日子真不同于谈情说爱，诗意倒是其次，最重要的还是面包，于阑非的工资仅够他们度日。

他看着身边这个不知柴米油盐贵的女子，常常辗转反侧。

这样下去，什么时候才能建立起自己的家庭呢？

不知什么时候开始，于阑非已不叫冷小秋小师妹了。他越来越沉默，下班回到他们的出租屋，也是一言不发。

更不要说与冷小秋说情话了。

冷小秋的心情一天比一天灰暗。

对于自己的设计，她还是蛮自信的。可她不明白问题到底出在哪里，难道大家就只能接受中规中矩的方案吗？

可冷小秋还是第六次失业了。去送策划书时，那个年迈的老板伸手摸了她的臀部。

老板色眯眯地说，这么水灵的丫头，还上什么班呀？不如我养你吧！

冷小秋反手给了老板一记响亮的耳光。

于阑非看到再次失业的冷小秋，忍无可忍地冲着她大喊，冷小秋，你为什么不能忍一忍？你不知道生活需要成本吗？我们分手吧！我再也受不了你了！

一分钟都受不了,我们分手!

那一刻冷小秋傻了,她抱着胳膊坐在墙角瑟瑟发抖,泪流满面。
那个一直叫自己小师妹,说要娶自己的于阑非不见了!她受了莫大的委屈,他竟然不闻不问,还要跟自己分手。
她原本以为于阑非只是说气话,没想到于阑非开始收拾自己的东西。
她慌了,跑过去抱住他。于阑非,可不可以不要走?你走了,我怎么办?她哭着哽咽着求他。
于阑非一脸冷漠地用力掰开她的手,算了吧!你还是回上海,反正你的父母也不待见我,我们不合适,一点也不适合。
他一边说一边继续收拾东西。

冷小秋彻底懵了,哭着跑出出租屋。那天她一个人在断桥边坐了很久,泪像决堤的河流。

她幻想着于阑非能来找她,然而她独自从中午坐到黄昏。一场说来就来的雨,把她淋成了落汤鸡。她像傻子一样,一动不动地坐在断桥边,任眼泪和雨水一起淌下来,再淌下来……
晚上月亮升起来了,有三三两两的情侣在断桥漫步。她第一次觉得断桥这个名字一点也不浪漫。你看,现在她与于阑非之间的爱情之桥已经断了。
真是对月泪如丝,君恩异旧时。

5

回到出租屋,于闲非已搬走了他所有的东西。搬得那样干净,甚至连一张写字的纸都没留下,好像他只是她生命里的一阵风,吹过便没了。
她冷笑着擦干眼泪,这么狠心而绝情的男人,没想到父母一语成谶。她走投无路了,只能求助于父母,但却拒绝了他们回到上海的要求。

没想到第二天,陌白便出现在她面前。
一年没见,倜傥俊朗的他依旧那样沉默内敛。
双目相对,万千心事,只化作无语凝噎。
他一脸痛惜地叫着"秋妹妹",而她只哽咽着叫了一声"陌白哥哥",便化作绵绵不绝的泪水。他说,我可以借你肩膀用,她便伏在他肩上,痛快淋漓地大哭了一场。
秋妹妹,我会一直等,等到有一天你爱上我,他拍着她轻声地说。

她还是倔强地要留在杭州,和于闲非无关,因为她已经喜欢上了这座城市。
陌白在杭州开了分公司,交给冷小秋打理,主营广告创意。
她问,别人连用我都怕,为何你却这样信任我?
因为你是我看着长大的秋妹妹。
她的泪瞬间流了下来。她本身不笨,又有父母遗传的经商基因,再加上她良好的专业技能和真诚的信誉,很快公司做得有声有色。
四年的时间,仅仅只用了四年。她不仅买了房子、车子,更重要的是,她再也不是四年前那个等着一个男人来给自己幸福的冷小秋了。

她留了长发，穿上优雅的高跟鞋和得体的职业套装，周身散发着迷人的气息。只是没人知道，那四年里，她是怎样拼了命地去谈一桩桩的业务。

而陌白依然不善言语，但是他会悉心地为她剥糖炒栗子，他能体贴地记得她的生理周期并冲姜糖水给她，会做她爱吃的牛扒……

很多时候，看着这个沉默而寡言的男子，她觉得自己安宁而幸福。生活的味道就应该是这个样子的，她想。

当他再次向她求婚时，她把手伸给了他，婚礼定在五月。

有时偶尔也会想起于阑非，已没有了恨。相反她觉得应该感谢他，感谢他教会了她生活和成长。

她以为永远都不可能再见到他，然而还是见到了。

那次她公司招聘，她这里是最后一关。当时她正低着头签一份文件，听到有人敲门，她随口答了进来。

而她抬起头来看到是他时，微微笑了！

而于阑非看到她的一刹那，手中的资料差点掉到地上。过了好一会儿，他才回过神来，一脸紧张地问她，怎么是你？你没回上海？

她一脸云淡风轻地反问着，我为什么要回上海？

那个……当年……真是对不起啊！你现在这么好，不恨我了吧？他有点讨好地道歉。

她轻轻就笑出了声,过去那么久了,谁还记得?我只想着,晚饭吃什么。说完她把手中喝了一半的茶直接浇到办公桌上的玉树里。你说,这杭州的龙井怎么就这么不耐泡呢?当年觉得是最好的,可现在才喝过一遍,便索然无味。

显然他是希望得到这份工作,这让她更看轻他。
这时恰巧陌白进来听到,宠溺地笑笑,宝贝,没味了我再给你泡新的。
她说,不!我饿了。
陌白说,好!我带你去吃饭。
她挽着陌白像一阵风一样从于阑非的身边飘过,连看也没再看他一眼。

因为有些人和事,一旦失去了味道,还不如一杯茶,真的不值得让人再留恋……

昨夜星辰昨日风

1

当周晓菲再次拖着行李箱离开魏城的家时,她想,她再也不回来了。

这是周晓菲第七次与魏城分手了。尽管每一次她都歇斯底里地说,这次是真的,我再也不回来了。

而魏城总是一脸冷静地耸耸肩,你随便。

可是不出三天,根本不需要他去哄,周晓菲又会拖着行李主动返回魏城家中,一脸贤淑地为魏城做好可口的饭菜。

有时候魏城会摸着周晓菲乌黑油亮的长发叹息,你为什么要对我这么好?你是一个适合做妻子的女人,只是你知道,婚姻不适合我。

尽管周晓菲听到魏城这么说,会难过得要死,可却还是拼命地挤出一丝微笑说,我只要爱情,有了爱情才会长久;没有爱情的婚姻,不过是一潭死水。

谁让她爱这个男子呢,而且是爱到骨子里了。

不记得在哪里看到这样一句话:一眼千年。

对,就是一眼千年,她喜欢一见钟情的爱,浓艳到极致。

初次遇到魏城时,她就知道,他是她等了又等、寻了又寻的人。

对于爱情，周晓菲的观点是宁缺毋滥。因此尽管二十三岁的周晓菲美艳如花，却还没有正儿八经的谈过一场恋爱。

没有爱情滋润的周晓菲，便是一株薄凉的水仙。她在等，等一个能让她热起来的男子。

幼师职业且单身的女子，假期比较长，旅行更是说走就走。

在束河古镇小憩，看着如画般的美景，周晓菲庆幸自己来对了。

正当她对着那些美景摆着poss（姿势）自娱自乐地玩自拍时，一个留着长发、二十多岁的帅气男生过来搭讪。

画家魏城，美女，可以做我的模特吗？

魏城，很好听的名字，多么酷似谢霆锋的一张脸啊！周晓菲在心底叹息一声。

这时手机扑通一声掉到地上，显然是自拍杆没夹牢，周晓菲顾不得理会身边的男子，急忙去捡手机。

那名叫魏城的男子也同时俯下身去，两张脸瞬间对在了一起。他们的眼神交织在一起，周晓菲在魏城的眼睛里看到了清晰的自己，只觉得心被什么揪了一下，这时手机已被魏城抢先握在了手里。

周晓菲这才细细地打量起魏城来，一头乌黑的长发被束成低低的马尾垂在脑后，花格子衬衫配着洗得发白的牛仔裤，浑身上下都透露出一种男性的狂野美和浓浓的艺术气息。

当周晓菲还沉浸在遐想中，魏城却拿着手机在周晓菲眼前晃了晃，美女，手机好像摔坏了耶！

周晓菲这才注意到自己的手机，慌忙接过来仔细看了看，却半天没看出哪里有问题。

魏城扑哧一声就笑了，露出一口洁白而整齐的牙齿，你也太容易相信人了吧，开个玩笑！

你这个玩笑一点也不好笑！周晓菲翻着美丽的大眼睛狠狠瞪了他一眼。

他突然走近一步直视着她，你可以做我的模特吗？我准备办一个画展，突然发现你这样的美人，适合入画。

他的眼神深邃而迷人，直看得周晓菲的脸颊发烫。

理智告诉周晓菲要拒绝，可是在魏城那样的注视下，她感觉到心已不是自己的。里面有什么东西一直往下沉，她明明想挣扎的，好像春天的冰河，可是却竟然神使鬼差地点了头，连她自己都觉得诧异。

2

周晓菲在魏城的眼里，俨然就是一件艺术品。

他说，周晓菲，你知道吗？你一定不知道，你的身上有一种遗世独立的清凉，美得像不食人间烟火的仙子。

听到魏城这样的赞誉，周晓菲便觉得她这些年的孤寂有了实质的意义。

在束河古镇待了十天,魏城画了不少满意的作品。离别的前一天,魏城说,完美收工必须庆祝。他们去了附近的酒吧。

不知是酒吧的灯光太迷离,还是歌手的歌声太伤感,总之酒没喝多少,魏城却微微有些醉了。醉了的魏城,看周晓菲的眼神竟然有了迷离和没落的味道,空气顿时显得暧昧而凝重。

这时有服务生过来送果盘,魏城便掏出随身的钱夹,给周晓菲看他女朋友的照片。

若若,他用修长的手指,指着照片上那个妖娆而妩媚的江南水乡女子对周晓菲说。

照片上的女子可真美啊,那样的明艳动人,那样的妩媚风情。周晓菲偷偷注意到魏城看着那照片时的目光,像浸了水一样的柔软。

周晓菲的心底便像被水浸过了一样的酸涩难受。

不过魏城很快抬起头,笑着说,晓菲,不如我追你吧!

周晓菲回过神来,淡淡地笑笑,轻薄!你们男人,都这样没正经吗?

不,我是认真的。魏城一本正经地看着周晓菲说,为何我没能早点遇到你呢?

周晓菲的身子一僵,这是怎么样的一个男子啊?他明明有了女朋友,却来挑逗她。

不过她很快镇定下来,也玩笑着回应着,你演戏呢?我也在想,为什么不是我先遇到你呢?说完哈哈大笑地起身去了洗手间。

尽管这样轻薄的魏城让她害怕,可是她还是不由自主地当真了,泪一颗颗落了下来,为何不是自己先遇到魏城呢?

周晓菲在卫生间的洗手台前,一边洗脸一边流泪,脸洗了再洗,可泪却流了又流。她一遍遍地哭着问自己,为什么自己就迟了呢?
从她看到魏城的第一眼,就知道他们之间会有故事,可是他有了女友却来勾引她。如果没有若若,她想她还是愿意被他勾引的。只是她已经迟了,就算是一步,却终归是迟了。
再出来时,酒吧的歌手正在声嘶力竭地演唱着《为何不是你》。
周晓菲,为何不是你?不如你做我临时的女朋友吧!魏城眯着眼睛,半真半假、半醉半醒地说。
临时的女朋友?都说你们画家生性风流,我看果真如此。你当你是韦小宝呢?周晓菲撇撇嘴笑着刻薄他。
有何不可?你这算是吃醋吗?魏城也不气恼,只是意味深长地拿灼热的眼光看着周晓菲,只看得周晓菲不好意思地低下头去。

尽管她在情绪上是生气,是鄙视魏城的,可内心早已慌乱得犹如万马奔腾。因为她早已爱上了眼前的这个男子,从第一眼看到就喜欢。可现在,早就不是韦小宝时代了,再说她要的必是一心一意对她的男子。
而此时面对魏城暧昧的邀约,她不能一错再错。是时候与魏城告别了,她必须走,她不能就这样不明不白地介入魏城和若若之间。

这样想时周晓菲便说,魏城,下一站我们要去的地方不同,我们就此告别吧。

魏城也不挽留,只是举着酒杯鬼魅地冲她点点头。

周晓菲感觉自己的脚步好沉,当她以为走了很远了之后再转过身时,魏城的脸却依然清晰可见。

周晓菲感觉到自己的心像被刀划过一样,然而她只能笑着冲魏城挥挥手,风流画家韦小宝,再见。

再见,是的,她要与他永远不见!

魏城摇晃着手中的酒杯,醉意蒙眬地嘟囔着,周晓菲,你逃不掉的。你一定会是我的。

3

周晓菲觉得她这辈子再也不会见到魏城了,可是魏城那笃定的话却让她心惊,就那样一下子便烙在了心底。无论走到哪里,眼前总能浮现出他的影子。

她想,她是疯了吗?那样一个生性风流的男子,与她格格不入,可是她还是不由自主地想他。

她一次次地告诉自己,一定要忘了魏城……

回到苏北小城,她就换了电话号码,周晓菲的生活又恢复了单纯的美好。多么可爱的孩子们啊,尽管她还会常常想起那美得像画一样的束河古镇,想起那个帅得让人心痛的魏城,想起他对她说,为何不是你……

可是，那是没有未来的可是。尽管有些人有些事，你不想忘，可生活总会逼着你去遗忘。看着眼前孩子们纯真的笑脸，那一切的一切，不过是一场擦肩而过的烟花错。

转眼秋天来了，秋色斑斓的小城美得恍如隔世。尽管香樟树依旧枝叶茂盛，可随着时间的流逝，她对魏城的思念却一寸寸地浅了，淡了……
三个月过去了，她想她真的就快把魏城忘了。再想起那场相遇，好像真的是很久远的事情了。

可是她却接到魏城打来的电话，电话是直接打到办公室的。
那时周晓菲正在操场上陪孩子们做游戏，值班的老师大声喊，周老师，您的电话。
是谁会把电话打到办公室呢？一般的朋友都有自己的手机号码啊！当她拿到听筒只"喂"了一声，那端便传来魏城自报家门的笑声，你不会想到是我吧？
她的心里一惊，慌乱地挤出一句，怎么是你？
为了给你一个惊喜，我已经到了你的城市，咱俩见个面吧！魏城开门见山地说。
她轻声地回应着，好！然后缓缓扣上了电话。

下班回到家，看着衣橱里琳琅满目的衣服，亦找不到一件合适的来配这场约会。在那一刻周晓菲懊恼不已，自己的衣服怎么那样少呢？
他们约好在学校附近的咖啡厅见面，周晓菲想了千万个版本，他们见面的第一句话会是什么。

可无论如何也不会想到,她刚刚坐下,一颗忐忑的心还没安静下来,魏城便迫不及待地说,晓菲,我们在一起吧,我跟若若分手了。
为何?周晓菲一脸惊愕。
尽管周晓菲的心在欢呼雀跃,尽管那是她期待了千万次的梦。只是当喜悦来得太突然时,带给人的往往是一种茫然的惊吓,周晓菲沉默着半天说不出话来。

因为你,春波桥下伤心绿,曾是惊鸿照影来!魏城看着周晓菲的眼睛一字一顿地说。
见周晓菲沉默不语,魏城继续呢喃着,你不知道,我是费了多大周折才找到你的。你知道吗?自从你离开后,若若再也进不了我心里,我的梦里全是你,全是你!他微微停顿了一下,继续说,那时我便发现我爱上了你,可是我找不到你。你知道我找了多久吗?整整三个月啊!

在那一刻,周晓菲在魏城的眼睛里看到的不止是深深的期待,还有浓得化不开的爱。
她想,他是真的爱她,至少在这一刻。
她决定接受他的感情,不管他们能在一起多久!

4

为了让魏城安心画画，周晓菲辞了职，跟随魏城去了他的老家苏州，专心照顾起魏城的饮食起居。

她细心地每天为他打新鲜的豆浆，包他爱吃的小笼包。她把他的衣服熨得平整妥帖，总之她像照顾小孩子一样地照顾魏城。

起初魏城是感动的，他会看着她的眼睛，一往情深地说，晓菲，有你在我身边真好！

每当这时，周晓菲便会一脸的满足。能陪在心爱的男子身边，让他感觉到幸福，这就是她最大的幸福了！

于是，她更加用心地照顾魏城的生活。

魏城的生活，终于由一匹脱缰的野马，变成了一日三餐、早睡早起的规律生活模式。

不知什么时候，魏城感觉自己的灵感被扼杀了，他的画开始变得没有一点生气，更不要说激情了！这样的感觉，让魏城感到万分焦虑。

然后他们开始为了先画画还是先吃饭的事情不断争执，吵到激烈时，周晓菲会拖了行李去住酒店。起初魏城也会担心，但是不出三天周晓菲准会自己回来，慢慢的魏城也就习惯了。

有时候魏城会看着忙前忙后的周晓菲发呆，他们之间还有爱吗？

他常常这样问自己,或许曾有过,只是现在当激情消退后,他们的关系也呈现出一种老夫老妻的平淡。
对于一个画家来说,平淡是最让人害怕的事情。
魏城已经很久没有画出一幅满意的作品了。他甚至不知道,自己这样下去,还算不算是画家。

当又一次魏城正在思考创作的时候,周晓菲笑吟吟地端了一盘水果过来,魏城一看就烦了,你先一边去,我等会儿再吃。
而周晓菲却固执地要求,先吃了水果再画。
魏城终于忍无可忍地爆发了,周晓菲,你知道你现在像什么吗?你活脱脱像一个粗俗而无知的大妈。

周晓菲彻底懵了,她怎么也想不明白,自己在魏城心中是这样的形象。
泪流了又流,她独自在苏州那些古老的园林里徘徊,一种无言的寂寞和孤单瞬间便把她紧紧地包裹起来。当初自己辞掉工作,执意离开父亲,跟随魏城来到苏州,如果离开了魏城,她不知道自己还能去哪里。

5
黄昏的时候,周晓菲还是回到了魏城的家中,小心翼翼地做了他喜欢吃的饭菜,然后她不再喊他,只是安静地立在他画室门口等他自己出来。

晚饭时魏城一支接一支地抽烟,然后拼命地跟周晓菲道歉。

他的泪一滴滴落下来，晓菲，我爱你！但是你这样形影不离地照顾，让我窒息。
我没了灵感，我画不出画来，一个画家，画不出画就是废人，你知道吗？你说怎么办？我们到底要怎么办？

面对魏城这样的询问，她不晓得自己要说什么。
爱他，就要让他觉得幸福，可是她的魏城却这么不快乐，她到底要怎么办？她静静地想了一夜，第二天为魏城收拾好了一切，第三天为魏城做了可口的早餐之后，拖着自己的行李悄悄地走了。走的时候甚至都没有跟魏城告别，只是留了一张字条：我走了，你好好画画，以后不会再回来了。你所有的东西我都帮你整理归类，在茶几抽屉里有一个小本子有记录。不要找我，你也找不到我，周晓菲。
她想，这是魏城想要的结局，也只有如此，她的魏城才不会窒息。

五年以后，魏城已是苏州小有名气的画家了，他的画展在世纪大厦举行。
周晓菲去看他的画展。
远远的，周晓菲看到陪在他身边的，是另外一个暗香浮动的女子。
而现在的他，因为有了事业上的光环，显得更加英气逼人。他身边的女子，与他站在一起，自然是一道亮丽的风景。她看到一脸阳光的他，正冲身边的女子笑得春风满面。

如此甚好！尽管陪在他身边的不是她，可那又有什么关系呢？
爱一个人，是要让他幸福，她看到他幸福，她便觉得满足。

走近一幅七尺画卷,她一眼便看到那画中的女子是自己。虽然魏城做了艺术上的处理,但是那是她的眼神和神韵,泪水无声又弥漫了双眼。

这世间有一种深爱,是以成全为目的。尽管有些往事,已是昨日星辰昨日风,可这又有什么关系呢?
慢慢地走在回家的路上,已是满天的星光,有温柔的晚风徐徐地从面颊拂过。她想,他们曾经真诚地爱过彼此,此生足矣……

依然相爱，该有多好

第三章

衣带
渐宽
终不悔

有些爱，只是爱

1

这是自上次自己与庆生一起去旅行后，庆生第四次跟乔琳告别了。

当庆生再一次背着背包依着门框跟乔琳告别时，乔琳的眼睛还是禁不住湿了，她知道庆生又要去爬山了。

她微笑着揉揉眼睛，估计睫毛又掉到眼睛里了，你路上注意安全！说完转身关了自己卧室的门。

只是这次，庆生去的是泰山。想着又有一周见不到庆生，乔琳便没由来的难过，泪一颗颗地落了下来。

明明她是那样爱着庆生，可是为何往前走一步，却是那样难？

她很想说庆生，我们一起去吧！可是，她是谁？她只是庆生的房客而已。庆生不主动，她又如何开得了口？

很多人都说庆生和乔琳是天造地设的一对。乔琳只是笑笑，不承认也不否认，但心里却像吃了蜜一样甜。

在乔琳心里，庆生就是她的男朋友，是她爱的那个人，是她想与之过一生的那个男子。而她知道，对于庆生来说，她还不曾是他心里的那个女子。她还未曾住进他的心里，至少现在还不是。

看着窗外开得如火如荼的桃花,时间过得真快啊!转眼她和庆生合租已经一年半了,为何春天来了,她还觉得这样冷?乔琳不由得抱紧了胳膊,习惯性地探着脑袋看了一眼庆生的房间,紧闭的门让她觉得更加清冷了。

准确地说,她是庆生的房客。她房间的门正对着庆生的门,平常庆生在家时,会半掩了门弹起他心爱的红棉吉它或者看书。她常常探着脑袋查看庆生那边的动静,如若碰上庆生的眼神递过来,她便假装问庆生借某本书掩饰过去,心底却像做贼被人发现了一般的慌乱。

大学刚毕业,在这座陌生的城市,她急需一个遮风避雨的窝。那天在网站上怀着忐忑的心情拨了庆生电话,她就在心里想象:以后到底要跟一个什么样的人合租?会不会很难相处?

可听到庆生的声音之后,乔琳便轻松了不少。庆生在电话里愉快地笑着,声音明净而清澈。乔琳便在心里猜测,有着那样明净声线的男子,必定不难相处。

约好了去看房子,可因为路上堵车,她迟到了一个小时。好不容易寻到了沁心园3301室,敲门无人应答,电话也无人接听。

也难怪,谁让自己迟到那么长时间呢?生活在这样争分夺秒的城市里,谁的时间不是黄金?谁整天那么闲,有那么多空闲的时间来等待?

乔琳懊恼地摇摇头,正准备转身离开时,身后却传来了沉稳的脚步声。乔琳转过头,对上了一个男子的脸。

那是一张略显苍白而消瘦的脸,神情略微有些冷峻,而眼神里却带着淡淡的忧郁,尽管不是特别帅气,却莫名让人心疼。

他微笑着看她时，他的眼睛就成了弯月状，冷峻的神情也随之一扫而光，显得干净而温婉。乔琳的心咯噔一下！

你就是乔琳，是来看房的吧？我是庆生。
随着好听的声音传入耳膜，乔琳听到自己心底幽幽的叹息，瞬间仿佛满世界的花都开了。
庆生看乔琳没有反应，在嗓子里轻轻咳了一声。
乔琳回过神来，红着脸，微笑着点点头，侧身让开了门的位置。
庆生拿出钥匙开门，乔琳偷偷地拿眼再看庆生时，苍白的脸上又恢复了冷峻。尽管黄昏的光线有些暗淡，但是照在那样一张脸上，却是莫名的让人思绪翩然。

乔琳从来就不是好色的女子，可是庆生的脸却让她不由自主地心动。乔琳在心里想，能与一个让自己怦然心动的男子成为房客，应该是一件很浪漫的事情吧？
人生几度风和月，哪一个青春葱茏的女子，不存在几场风花雪月的期许？就这样乔琳毫不犹豫地成了庆生的房客。

2
所谓近水楼台先得月，原本以为同住一个屋檐下，和庆生的亲近是顺其自然的事情。

可是处得久了，乔琳才知道自己要想往前靠一步是那么艰难。她和庆生之间明明离得那样近，可是很多时候她看庆生就是遥远的一座山，总是带着虚无的缥缈。

平常庆生会跟乔琳开一些幽默的玩笑，可是却无伤风雅；庆生会带乔琳一起去吃饭，却从不与乔琳同座；他会坐在离乔琳隔了一段距离的位置，很绅士地替乔琳夹菜，却不说情话。

有时候乔琳会娇嗔地说，离得那么远，怕我吃了你吗？

庆生只是微微地抬起头，一脸冷静地问，远吗？那么离你多近，才不算远？

乔琳便不再说话，瞬间情绪就失落到极点，只能低着头捣鼓着自己盘子里的菜，一顿饭便也索然无味了。

乔琳不知道庆生知不知道，其实每次说一起吃饭时自己都欢喜得好像中了大奖。可每次吃完饭回来，自己却只能落寞得跟个没糖吃的孩子似的。

为了回报庆生请客吃饭，乔琳也会隔三差五地帮庆生洗衣服。这事庆生倒没有拒绝，或许男人生来都是怕洗衣服、做家务的吧！

很多时候，乔琳有满腹的委屈，却只能憋在心底。乔琳觉得自己就是一只充气不是特别充分的气球，哪怕炸了也好。可她就是找不到能让自己爆炸的突破口，因为她的心中有爱。

有时候乔琳会看着庆生发呆，真是奇怪，身边那么多优秀的男子，为什么她要这么迷恋他呢？可感情里的事情，谁又真正说得清楚呢？

爱情往往就是这么奇妙。

你不爱的，就算是为你跋山涉水而来，你却一样不爱；你爱的，就算是叫你下十八层地狱,你一样满心欢喜地赴汤蹈火而甘之若饴。就算最后弄得遍体鳞伤,你也会无端地割舍不下。

转眼庆生已走了三天了。
三天没有一点消息,望着窗外迷蒙的雨夜,乔琳不由得感伤起来。
这如一团迷雾的情爱世界里,谁是谁的双丝网,谁又是谁心底的千千结?
夜已深了,窗外淅淅沥沥的雨扰得乔琳无法入梦,眼前不由得浮现出那次跟庆生去旅游的情形。

那还是一年前。看庆生又一次打好背包准备出门,乔琳不知哪来的勇气,小声问道,
能带我一起去吗?
说完这句话时,乔琳不敢看庆生的眼睛,迅速地低下了头。心却像十五只吊桶打水一样,七上八下地忐忑着。
等待的时间是如此漫长,长到令人窒息。就在乔琳以为庆生会拒绝,准备放弃时,耳际突然传来一声磁性的"好"。
乔琳不敢相信自己的耳朵,眼泪一下就涌了出来。她想扑过去,一下扑到庆生的怀里,庆生却皱着眉头捉住她的双手说,你还想不想去了?
她的心瞬间就凉了下来,她很想赌气说,我不去了。
但是她知道,这句话如若她说出口,庆生必定扭头就走。

好不容易有这样一次机会,她又怎么舍得放弃呢?情爱的世界里,最先妥协的那个人,往往是爱得最多的那一个。

乔琳很快微笑着擦干眼泪,撇撇嘴说,真矫情,我不过是感谢你带我出行嘛!
庆生拿眼睛瞟了乔琳一眼,转身就走。
不管怎样,能与庆生出行都是一件值得开心的事情。乔琳急急忙忙地冲进房间,拿起早就准备好的行李,满心欢喜地跟在了他身后。

3
那一天,他们一起去了华山。
晚上两人各自披了一件厚厚的军用大衣,坐在东峰顶上等日出。
在苍茫的夜色里遥望着远处起伏的山峦,一阵阵微寒的风从头顶刮过。尽管已是初夏,尽管裹着厚厚的军用大衣,可是乔琳还是觉得冷,不由自主地往庆生身边靠。
乔琳每靠近一点,庆生便让一点;乔琳再靠近,庆生再让。如此反复两次,乔琳的心便僵住了,再也不敢靠近。
两个人便坐在山顶看星星。

山顶的星星异常明亮,比平常所见要大了许多。坐在海拔三千多米的山顶上,真有一种"手可摘星辰"的错觉。天空蓝得像海一样深邃,漫天的星光,皎洁的月亮,应是人生最好的良辰美景吧,可乔琳的内心却无法平静。这样一个美好的夜晚,跟自己喜欢的男子在一起,却只能以这样沉默无言的方式守望着,这是一种多么悲凉的体验?
我本将心向明月,怎奈明月照沟渠。
两人就这样沉默无语地坐到了后半夜,气温愈发低了,乔琳冷得瑟瑟发抖,不由自主地打了一个喷嚏。

庆生看了乔琳一眼，过来，来我身边。

乔琳疑惑地看了庆生一眼，却并未动。

女人真是麻烦，还不快点过来！庆生生硬而霸气地说。

乔琳迟疑了一下，心里便有了一丝暖意。看来庆生还是关心自己的，最终慢慢靠了过去。

她紧挨着他坐着，闻着他身上清冽的体香，她的心便咚咚地打起鼓来。她好想把头靠在他的肩上，可是他不动，她亦不敢动。

过了半响，乔琳抿了抿有些干涩的唇，轻声地问，庆生，那个，你有没有，有没有过很爱很爱一个人？

庆生看着天空闪烁的星星，半天沉默无语。

庆生一沉默，乔琳便感到害怕，感到莫名的压抑。她抱了抱胳膊，有点无助地低下头，如若不想回答，当我没问。

庆生叹了口气，拿手指放到唇上轻轻地嘘了一声，别吵，小诺在天上看着呢！

小诺？乔琳的心里一怔。

对！小诺，我的女朋友。她在三年前出车祸去了天国。我想小诺时，便来山顶看星星，因为那样会离小诺更近一点。

乔琳，你说哪一颗才是小诺？是不是最亮的那一颗？庆生沙哑着嗓声，抑制住悲痛的情绪。

乔琳的心里一颤，她一直都觉得庆生是一个有故事的人，只是这样的故事却是她始料不及的。

乔琳侧脸看庆生时,庆生早已是一脸的泪痕。乔琳的心好痛好痛,她原来以为她与庆生隔着只是一个早已谢幕的故事,却怎么也想不到,她与庆生隔着的是生与死的距离。
那样刚毅而冷峻的一个男子,她很想捧起他的脸,可此情此景竟然是那样的不合时宜。她怕亵渎了小诺在天国的英灵,因为她是爱庆生的,她问心有愧。
乔琳咬住牙蓄住了即将掉下来的眼泪,慢慢地从随身的包里掏出纸巾,轻轻地递到庆生的面前哽咽着,庆生,我知道你很爱小诺姐姐。可是伊人已逝,往事如烟。小诺姐姐如果在天有灵,也希望你活得幸福,而不是这样自苦。
庆生微微摇了摇头,乔琳,你还小,你不懂!

乔琳很想说,我懂。可是庆生的一句不懂,便否定了所有。在自己爱的人面前,有时候往往多一句话,都会显得是那样的凝重。
后半夜的时光,他们便在这万籁俱寂的山顶靠在一起看着星星。有一阵庆生睡着了,乔琳便悄悄地把头靠到庆生的肩膀,她能清晰地感觉到他的心跳,一种温暖的幸福顿时便弥漫了心头。
天微微亮了,感觉到庆生动了一下,乔琳便很快坐直了身子。

一缕缕霞光从远处的天边一寸寸照了过来。太阳像一个背负着沉重包袱的大火球,一点点地爬出了天边,灿烂的云彩和着远处悬崖上的山花遥相呼应着。

乔琳的心里溢出满满的幸福,那么美的清晨,能和自己心爱的男子一起度过,是一件多么温暖的事情啊!

乔琳的心像涨满风的帆,偷偷去看庆生,庆生却面无表情地收拾着东西准备下山了。

4
从华山回来,乔琳以为她和庆生的感情可以升温了。可是庆生又恢复到之前的冷峻和清冽,仿佛他和乔琳之间什么事情都没有发生过。
有时候乔琳也常想,的确,她和庆生除了一起看过一场日出,除了知道庆生有一个特别爱的因为车祸而死去的女朋友,她和庆生之间又有过什么呢?
之后庆生再要出门,乔琳欢喜地拿着行李跟到身后。
庆生皱着眉头说,我去看小诺,你去不合适,小诺会怪我的。
乔琳的脸刷的一下就白了,只好勉强挤出一丝微笑跟庆生道别,然后一个人偷偷地流泪。

七天的时间那么长,长到乔琳都以为熬不下去的时候,庆生终于从泰山回来了,却是异常的消瘦。
乔琳看到瘦骨嶙峋的庆生,感觉心一下子就痛得厉害。相思的伤神和连日的旅途劳顿,再加上还要耗费体力去爬山,怎么能不瘦呢?

乔琳体贴地做了羊肉火锅,晚间邀请庆生一起吃饭。也许是几天的劳累,他懒得动弹，竟然很爽快地答应了。

不知是火锅太辣，还是房间太热，庆生那苍白的脸上终于泛起了血色，额头上也渗出了细密的汗珠。看着庆生吃得欢畅淋漓的模样，乔琳就觉得开心，这才是生活应该有的样子。

乔琳高兴地开了一瓶红酒，庆生破例没有阻止，席间氛围出奇的好，慢慢的庆生和乔琳都有些醉了。望着庆生白中微微泛着红晕的面颊，乔琳不知哪里来的勇气，一下就扑进了庆生的怀里。

庆生挣扎着要推开乔琳，乔琳却像一个难缠的孩子一样，死死地抱住庆生不放。

庆生一下子脸就白了，焦虑而生冷地说，放开！

不放！乔琳像个倔强的孩子，眼里跳动着异样的火花死死地盯着庆生。

空气仿佛凝固了一般，庆生冷冷地跟乔琳僵持着。不知道过了多久，乔琳就像泄气的皮球再也坚持不住了，把头埋在庆生的肩膀上，呜呜地哭了起来。

庆生一下就慌了，你抱着我，你哭什么？

乔琳抬起迷茫的泪眼，对着庆生深邃的眼睛呢喃着，你这个傻瓜，人死不能复生，你还要这样作践自己多久？

庆生痛苦地揪着头发，语气苍凉而悲伤，乔琳，你不懂！我想忘记，可是小诺她就那样，一直在我心里，我赶不走她，我也忘不了。

不，乔琳绝望地尖叫着，瞬间唇就覆上了庆生的唇。

她感到庆生的唇好凉好凉，凉到就像冬天里的一块冰。她想温暖庆生，用自己温热的唇。她像一只受伤的小兽一样,反复在庆生的唇上摩挲撕咬着。可是庆生却像个木头人一样,没有任何回应,只是反复而机械地流着泪说,乔琳,你看,我不能。小诺在看着我,我真的不能。

乔琳绝望地冲出了房间,汹涌的泪如绝堤般地肆意流淌着。

那一夜,她在街上走了一夜,街边二十四小时营业的咖啡厅,缓缓流淌着许茹芸的《独角戏》。

而乔琳终于清楚地知道,她在庆生的眼里就是一个局外人。而这所有的一切,都是自己的一厢情愿,是自己的自导自演罢了!

原来,庆生真的不曾对她动过心!她于他的世界,不过是一个人的独角戏。而唯一的演员只有她自己。

5

第二天早上回来,庆生的房门紧锁着,她不知道他去了哪里。

两天过去了,庆生还没有回来,乔琳也迅速地找好了房子,搬离了沁心园。

离开的那天,乔琳坐在房间里流了半天的泪。她一遍遍地抚摸着庆生用过的物品,在心底默默地与庆生告别。这两年来,她和庆生相处的一幕幕像电影一样在眼前回放。

她想起了初次见到庆生的那个黄昏,还有华山顶上的漫天星光,以及一切与庆生有关的点滴。

一切清晰得好像就在昨日,可是那些美好的时光,却只能在回忆里无声地流淌。窗外的花已经败了,他们的故事也只能凋零。

两年过去了,乔琳再没有爱上任何一个男子。

每一个夜深人静的夜晚,她像疯了一样地想念庆生,心底总有无数的藤在莫名地攀爬。

想念他苍白的脸,想念他清冽的眼神和他的红棉吉它。

可是她却不敢再找他,她不知道他是否还住在沁心园。可是见了他还能再说什么呢?有时候乔琳会坐车去沁心园周围看看,只是再也没有走近过3301房间。

有一天乔琳在汹涌的人流里,看到一个人的背影很像庆生。她完全忘记了要顾及形象,兴奋地冲上前去大声喊着,庆生,庆生,我是乔琳。

那男子转回头,一张陌生的脸。

乔琳失望地低下头,对不起,我认错人了!

没人知道她心底的落寞,或许很多人一个转身,便永远不会重逢。

乔琳的生活,又恢复了单调的宁静,只是她还是常常会想起她和庆生在华山顶上一起看星星的夜晚。因为那天夜里,她靠在他的肩膀上,她第一次感觉到她离庆生那么近。

近到她能清晰地感觉到庆生的心跳。

半年后,她在星巴克邂逅了一个有着冷峻脸庞、忧郁眼神的男子,那样像庆生。有那么一刻,她就以为他就是庆生了。

可是那男子却伸出温暖的手说,美女,可以认识一下吗?我是这家星巴克的老板,请叫我毅。

乔琳的心莫名就又痛了起来，泪不由自主地掉了下来，慌忙跑出星巴克。毅有几秒的诧异，慌忙取了纸巾追出去。

后来他们便熟了，毅说，乔，做我女朋友吧！
乔琳说，不，我心中有庆生。一个跟你长得很像的男子，我爱他快五年了。
毅笑，我不介意，我相信他只会是你的过去；而我，才是你的未来。
乔琳不以为然地笑笑，我怎么感觉好像是天方夜谭？
毅耸耸肩，走着瞧！毅果真开始对乔琳展开了猛烈的攻势，他不像庆生那样生冷，他体贴到令她心醉。

半年后毅求婚，乔琳想，就是她与庆生在一起了，也未必有现在幸福吧？他们很快结婚了。

很多时候，乔琳还会想起那个满天星光的夜晚；想起那个叫庆生的男子，只是她已是毅的妻。
她问毅，你以前有没有很爱很爱一个人？
毅递上温热的唇说，此刻我只爱你！

梨花凉，梨花香

1

初次见到杜小薇的时候，是在雪园的一棵梨树下，那年我大四。

之所以叫雪园，梨花是独特的一景，每年盛开时洁白似雪，漫天飞舞，因此而得名。

那时候春光正好，满树的梨花开得热烈而耀眼，放眼过去，一片繁华的白，给人一种无端花开似梦的恍惚。黄昏的太阳有一半的脸还在地平线上，整个雪园都蒙上了一层金色的静谧。

远远地看见一个雪色长裙的女子，披散着长发背对着我，好似要攀折那一串串雪白的精灵。看着那一颤一颤的树枝，眼见那些冰雕玉琢般的晶莹花朵马上就要惨遭毒手，我情急之下大喝一声，嗨，你在干什么？

那女孩子显然被吓了一跳，一脸惊愕地转过身来，抬起如小鹿一般惶恐的眼神回答，我想近距离拍一朵梨花，可怎么也拍不好。

好生动的一张脸，我的心微微一颤，莫名就痛了一下！只那样一眼，她便扎入了我的心底。看着她清澈见底的眼神，整个人仿佛一下就跌了进去，半晌说不出一句话。

嗨，我叫杜小薇！你懂摄影吗，苏莫离？

看我发愣，她甜甜地一笑，露出一口整齐而洁白的牙齿，伸出手在我眼前晃了晃。

你认识我？我稍稍一愣便回过神来，以我在学校的知名度，认识我的人应该不少。

我会，我可以教你，我不假思索地说。

那太好了！她微笑着凝望着我。

不过今天不能教你！明天，明天下午五点，你还来这里等我，好吗？看她认真的表情，我微微抬了抬眉，顿时有了主意。

她略微思索一下，轻轻地点了点头。

万一她爽约怎么办？我迟疑了一下。小声问，能把你电话号码给我吗？我怕临时有变，我们会失去联系。

她抬起睫毛瞅了我一眼，又迅速地低下了头，清脆地吐出一个"好"字，果断把手机交到我手上。

手机上还留有她温热的掌温，这样算不算间接跟她握手了？我为自己突然冒出来的念头吓了一跳。我在她的手机里快速拨通我的电话，利落地输入了我的名字，心里的一块石头总算落下了。我轻轻地舒了口气，微笑着把手机还给她。

她伸出白得有些透明的手接过去，我的手指不经意触到了她的小拇指，那样冰，那样凉。我的手竟然有一丝颤抖，内心一片慌乱。那一刻我有一种冲动，只想紧紧地握住那双手，再也不松开。

明天不见不散，我极力克制住内心汹涌的波涛，转过身冲她摆了摆手，大踏步朝前走了。

苏莫离，明天不见不散。身后响起她清脆悦耳的声音。

仿佛有一个世纪那么久，我转过身来，发现她还怔怔地站在那棵梨树下，我用手机偷偷给她拍照。

风儿温柔地吹拂着她的发丝，额前的齐刘海在微寒的早春里欢愉地舞蹈着，白色的裙角在柔和的风里飘呀飘。她仿佛是从画中走来的一样，美到让人心醉。恰好几片洁白的梨花轻轻地落了下来，落在她的肩膀上，那样轻，那样轻……

她好像发现我在拍她，微微抬起头看着我离开的方向，我发现她也在看我时，瞬间一张脸就红到了脖子，我在那样一场对视里落荒而逃。

我以为自己走得很快，快到可以用大步流星来形容。可后来小薇说，我只是一步一步地，仿佛用脚去丈量土地一般地，缓慢地走出了雪园。

小薇一直不知道，之所以约到第二天见，是我根本不会摄影。

2

离开了雪园，直接乘出租车去了赛格数码城。在佳能专柜，我对营业员说，哥们，请给我一台看起来很专业的相机。

那个营业员微笑着拿了一台单反给我，说是最新款的，还对着店里的美女试拍了几张。看着相机里清晰的画面，杜小薇的那张脸便在眼前晃呀晃。

尽管这个相机外加两只镜头一共两万多，贵得有点咋舌，但我毫不犹豫地刷卡付款。那个时候我家里不缺钱，有个有钱的父亲就是好，我在心里感叹一声。

营业员的脸笑开了花，开始不厌其烦地悉心教我如何操作。一小时后，我提着相机高兴地出了门，顺便去汉唐买了一本有关摄影的书，回到宿舍一头扎进去认真地捣鼓到深夜。

第二天正好是周六，一向睡到日上三竿的我，在微明的晨曦中举着相机像傻子一样地疯狂练习采光和取景。我不止要教小薇如何清晰地去拍一朵花，我还要拍下我心目中这朵美人花。

好不容易捱到黄昏，那些膨胀的期待早就把我的心填满了。看看离五点还有半个小时，想着马上就能见到如梨花般清凉的小薇，一抹微笑不自觉地浮上脸庞。

我举着相机拍雪园里梨花光影下的日落，天边的云彩不断地变幻着颜色，由最初的淡黄，到浅粉，再到满天的霞光，和煦的风轻轻地吹着，吹得我心里酸酸地想落泪。和林欢分开也有两年了，我有多久没有这样仔细地看过身边的风景了？

林欢拿了我父母的二十万元后坚决跟我分手。虽然在校园我还是异常招摇，可我身边再也没出现过任何一个女子。

父亲不喜欢林欢。有一次应酬时看到林欢做了陪酒女，然后拿了二十万元叫她跟我分手，我是半年后才知道的。

孙涛说，你小子要么是个情种，要么就是生理失调。不可能被一朵带刺的破玫瑰扎了,以后就把眼睛都抠了吧?明天我就给你整一个比林欢好十倍的女子。
看着孙涛愤怒地咆哮,我赌气要与他绝交。

孙涛是我发小,从小与我如影随形。为了追随我,他硬是补习了一年,才考进我的学校。
他不知道,那时我是伤得那样彻底,伤到我看任何一个人都觉得烦,我不想我最好的哥们成为我发泄情绪的对象。艺术系的都知道我对林欢好,可她还是深深地伤害了我。
那个时候我像一头受伤的野兽。

正当我胡思乱想的时候,上身穿着白衬衣,下身穿着草绿色长裙的杜小薇款款地闯进了我的镜头。只见她不紧不慢,怡然自得地走着,披散的长发随着走动的节奏轻轻地晃动着,而那草绿的裙摆在身后轻轻地飞扬,仿佛从画中走来一般。
我的心扑通扑通地快跳到嗓子眼,时光顷刻便凝固了。

见我专注地盯着镜头,嗨!杜小薇轻轻地冲我摆了摆手,微笑着露出一口洁白而整齐的牙齿,苏莫离,远远地便看到你在拍照,有拍我吗?看看你把我拍得怎么样?
糟糕!刚才一时失神,竟然傻傻地忘记按快门了。我从容地关了镜头,镇定地对杜小薇说,一会儿再慢慢给你看,不如我先教你如何近距离去拍花朵吧。

杜小薇微笑着答好，我愉快地把相机交到她手上，心微微地一颤，唉！这个清澈得像水一样的女子，她的一举一动都强烈地牵动着我的神经。

我先示范了一遍，然后趁机偷拍了好多她的特写。微笑的，蹙眉的，仰望的，低头的……

轮到她操作时，看她举着相机摇晃不稳的样子，我取了相机轻轻地挂在她的脖子上，双手从后背慢慢地越过她的肩头，托举起她的双手以帮助掌握镜头平衡。

我的手握住她的手，一股电流瞬间贯穿全身。我能听到她紧张而剧烈的心跳，而我自己的心早就冲到了九霄云外。有时爱情竟然来得这么突然，我以为我再也不会为哪个女孩子动心了，没想到就那么一眼，我就爱上了她。

她显然没有料到手就这样被我握住，有那么几秒钟挣扎之后便很快安静下来。我以为，自从林欢离开了我之后，我不会再爱上任何女子。可嗅着她头上淡淡的薄荷味，我知道我的心彻底沦陷了。

过了好长时间，我沙哑着嗓音说，小薇，做我女朋友吧！

小薇没有说话，只在我怀里静静地低下了头。我感觉到她的肩膀在微微地抖动，半响她才呢喃着，莫离，苏莫离！你知道吗？这是我三年来，在梦里最想听到的一句话！我喜欢你很久了。

有多久？我侧脸看她，她只浅笑不语，像一朵盈盈盛开的梨花。

我把下巴搁在她的肩膀上，脸颊蹭着她的脸颊，我们仿佛两尊雕塑一样地站着。很多无须言明的情愫，都盛开在那个黄昏梨树下的晚风中。

3

我疯狂地爱上了小薇,虽然我知道自己即将远赴巴黎深造服装设计,但我管不了那么多。

小薇是低我一届学古典文学的校友。难怪她的身上有着不同一般女子的清幽温婉,我是那样迷恋这种气息,迷恋到不能自拔。
这个像谜一样的女子,她不知道,就在她转过身的那一刻,她在我的心中,已经是梨花仙子的化身了。美得那么超凡脱俗,却又美得那样温婉动人。我从来没见过一个女子,美到这样不沾一点烟火气息。

很多时候,我与她相拥着坐在校园的草地上看夕阳。我们并不说话,只是用心感受着彼此的心跳。
有时候,我会好奇地问小薇,小薇,说说你爱上我多久了?
小薇只是狡黠地颤动着睫毛,把眼睛笑成了弯月状,秘密。
好吧,允许你保守秘密,谁让我这样爱你呢!我宠溺地抚摸着她的头发妥协着。

在小薇没课的时候,我也会带着小薇穿街过巷地去吃各种美食;我让小薇做我的模特,我拍了各种神情的小薇;我带小薇去各种高档商场,购买各种适合小薇的服饰。
看着吊牌上的天文数字,小薇总是红着脸推辞。我微笑着揽过她的腰,轻轻地吻上她的额头，你是我苏莫离的女朋友，我要给你最好的。

小薇只好顺从地低下了头，我能感觉到小薇的不安。因为她从来不是一个爱慕虚荣的女子，但是那时，我只想把我认为最好的都给小薇。

情侣之间能够享受的各种浪漫，我都要在我和小薇身上一一实践。虽然我和小薇相爱只有短短三个月的时光，可是我觉得我们经历的种种浪漫，比很多人的一生都要长。

在我出国前一周，我带小薇去见孙涛，拜托他替我照顾小薇，因为他跟小薇同级。小薇在我眼里就是一个孱弱的女子，总是那么瘦，那么凉。

孙涛眼里有莫名的惊艳。半晌重重地给了我一拳，你小子，真有福气！杜小薇可是我们这一届的校花！你放心，你媳妇就是我嫂子。

小薇微微红了脸，我和孙涛喝酒到深夜，小薇就静静地坐在我身边替我们倒酒。

孙涛大着舌头说，你小子，艳福不浅啊！当年林欢也是个美女，可惜不能跟小薇比。天涯何处无芳草，是吧……

你小子喝多了吧？我送你回去，我打断了孙涛的话头。

送小薇回宿舍的路上，小薇轻轻地依过身子，紧紧地抓住我的手。她的手在我手里微微地颤抖着，我感觉到了小薇的紧张，用手指轻轻地揉搓着她冰凉的掌心问，你担心吗？

小薇摇摇头又点点头，看着她无助的神情，我宠溺地吻上她的唇，还担心吗？

小薇羞涩地摇摇头，她的唇像她的人一样，带着微凉的湿润，但却直击我的心脏。

我摩挲着她的头发,再等一年,等你毕业了我就接你出去,你信我吗?你要等我,一定要等我!

小薇把脸紧紧地贴在我的胸前,微笑着点点头,莫离,我信你!我等你!

临出国的前一夜,我在梨树下点亮了心形烛光,拿出早就准备好的钻戒向小薇求婚。小薇答应我,等她一毕业我们便结婚。自从父母硬逼着我和林欢分开之后,便答应过我的婚姻可以自己做主,只要不是林欢就行。

那时树上已挂满了青涩的果实,一些探头探脑的青梨在摇曳的烛光下若隐若现。我指着满树的青梨对小薇说,小薇,你看我们的爱情不光开花了,而且还会结果,以后你给我生一堆胖娃娃。

小薇幸福地把手放到我的掌心,我们四指相扣。烛光下的小薇眼里闪着动人的光芒,像一朵盛开的梨花。

那时候我恨不得马上就能娶到小薇。

第二天小薇送我去了机场,过安检前笑吟吟地塞给我一本日记,你在飞机上慢慢看,那里面有你想知道的秘密。

4

上了飞机我迫不及待地打开日记,那是一本小薇手绘的漫画。我从不知道小薇的漫画画得这么好,我被手中的这本日记深深地吸引着。

里面不仅集齐了我的全部资料,甚至还有我在学校获得各种荣誉的精彩缩影；其中有好多甚至是早就被我遗忘了的，而小薇的手绘成了唯一的孤本。再后来我们相知相爱的点滴，都在这本画册里一览无余。

在我的爱好一栏，小薇细心地拿红笔着重圈出：苏莫离最喜欢的花，梨花。下面附着我的课程表和习惯行走的路线。难怪我会在那片梨园里碰到小薇，她竟然会在花开的季节天天去雪园等我，只是为了跟我巧遇。

我不知道爱一个人，要爱到何种程度，才能这么费尽心思地去收集到这一切。

这的确是最适合我带着出国的礼物。我的眼睛瞬间酸涩难受，眼泪不断地流下来，再流下来。

我把这本日记紧紧地拥抱在胸前，我只知道我爱她，却不知道她竟然这般爱我。

小薇呀小薇，这个像梨花一样清凉生香的女子，一旦燃烧起来却是那样地热烈而缠绵，叫我如何不爱你？

尽管独在异乡为异客，法国女人的浪漫和热情我视而不见。因为我有小薇，有那个让我心心念念的杜小薇。我对小薇的爱，是刻到骨子里的，爱到其他的女子在我眼中都失了颜色。

那时小薇和孙涛已经开始实习。我和小薇除了一周一次国际长途以外，有了闲暇的时间还会相约视频聊天。

我会经常对着视频喊，小薇，小薇我爱你！

或许因为长久的分离，小薇也褪去了我们在一起时的羞涩，开始大胆地回应着我,莫离,我也爱你,很爱很爱你!

那一年,国外的经济危机波及到了国内,父亲从事的纺织行业也大受影响。家里对我的供给已经减少,在视频里看到父亲疲惫的神色,一向对金钱毫无概念的我突然长大了。我开始精打细算地花钱,我要攒够小薇出国的费用。
而这一切,我并没告诉小薇,我只想她幸福地做我身后的小女人。
我会常常看着小薇在梨树下微笑的照片想念她,用手指轻轻地拂过她的脸颊。仿佛小薇就在我眼前,那么软,也那么凉。

好不容易熬到寒假,我归心似箭地飞回到小薇身边。小薇明显消瘦了不少,我把她清凉的手裹在手心,一遍遍吻上她温软的唇。
那一刻,我们喜极而泣。饱受相思煎熬的两颗心紧贴在一起,两张青春飞扬的面庞溢满了泪珠,任思念的苦楚一泄成渠。

短暂的寒假在你侬我侬的甜蜜里飞闪而逝,转眼又该分离。出发前一天正好是我生日,晚上孙涛约了几个哥们给我在老船长酒吧庆生。父亲的公司依旧没有转机,我的情绪十分低落,竟然喝得酩酊大醉。

半夜醒来时发现自己在酒店的床上,而小薇趴在床边睡着了。我叹息着伸手摸着她光洁柔顺的长发,这个傻丫头,竟然就这样守了我半夜。或许是我惊动了她,小薇很快醒了过来。
见我醒了,她冲我微微一笑,递给我一杯温热的水。然后转身去了洗手间,再出来的时候,身上套了一件火红性感的蕾丝内衣。

天哪！我倒吸一口凉气，手里的杯子咣当一声掉到了地上。我不是没有幻想过这样的场景，只是面对我深爱的这个女子，我不能。

我沙哑地别过脸去，听话，小薇，快穿好衣服。

等我再转过脸时，小薇的唇就覆了上来，冰凉而颤抖着。

我紧闭着双唇呜呜着，不要，你会后悔的。等到我们结婚，好吗？我爱你，可现在我不能。

小薇抬起头，已是满脸的泪光，一脸坚决地看着我说，莫离，你是不是对我倦了？

我紧紧地搂着她，爱怜地抚摸着她的头发，怎么会呢？你这个傻丫头！

如果不是，请你接受。莫离，只要是你，我就不会后悔，永远不会后悔。说完不等我回应，她的唇又覆了上来，我只能紧紧拥住颤抖的小薇，她的身体那样凉，那样凉……

那一夜，我们像两条相互缠绕的青藤，我们一次次沉溺着，再沉溺着……

5

我又回到了巴黎。半个月之后父亲的公司宣布破产，所有家产变卖之后还不够清偿债务。房子没了，车子没了，就连我好不容易积攒下来接小薇出国的钱，都给父亲交了医药费，我的心一下就空了。

父亲病重，我只好休学回国。那段时间，小薇天天陪着我跑前跑后，可最终父亲还是走了。父亲最后一句话是，学业不要断了。

那段时间，我不知道流了多少泪，小薇亦陪着我流泪。第一次感觉到我的人生竟这般黯淡，我常常看着天空发呆。

送走了父亲，我试着跟母亲说，我不想出国了，我就留在国内。这样还能照顾你，也能和小薇在一起。
一向温和的母亲竟然狠狠给了我一记耳光，你想让你父亲死不瞑目？你是苏家唯一的希望，如果你想给我收尸，你可以选择不去。

我颓然地坐到地上，我从未想过母亲竟会这样逼我。我该怎么办？我到底要怎么办？我无助地抱着小薇哭得泪雨滂沱。
小薇擦干满面的泪痕，努力地挤出一丝微笑说，莫离，你去吧！不要担心我，我就在国内等你，等你学成归来。你看，我现在已经实习了，我会赚钱养活自己了。
我捧着小薇的脸说，你等我三年，只要三年。
小薇含着眼泪点头，像一朵带雨的梨花。
临走前，在小薇的一再坚持下，我们去民政局领了结婚证。
我知道她是想让我安心。

你这个傻女人！我把小薇紧紧地抱在怀里，抱得那样紧。我害怕我一松开，小薇就消失了，我们颤抖着泪眼，寻找着彼此的唇。
小薇像一条蛇一样缠了上来，我们一次次极尽所能地把彼此点燃。我们在彼此的身体里燃烧着，却又一次次在未知的迷茫里湮灭；我们像火焰也像海水，我们的眼泪汇在了一起，那么苦，那么咸……

没有经济支撑的留学生活，只有劳累、疲惫和心酸。

我像一只旋转的陀螺，每天旋转于学校、餐馆、酒吧和各种能赚钱的场所。

我兼了三份职，每天只睡四个小时，以后生活的每一分钱，都得靠我自己。

从天之骄子一夜到社会的最底层，没人能体会我的心情，我是那样的绝望，但还得坚强。我和小薇的交流，也只有偶尔的只言片语。不止缺钱，更没时间。

小薇常常会发信息给我，可十条我只能腾的出手回复一条。而很多时候，只用一个忙字代替了所有的心情。

我知道小薇一定会很失望，我也知道小薇一定会很痛很痛，可那个时候我真的无能为力。因为比起爱情，只有面包才能裹腹。

6

快一个月了，我只给小薇打过一个电话。我听到小薇在电话那端的叹息和啜泣。我的泪眼迷离成一片洁白的梨花，而长发飘飘的小薇，就那样优雅而娴静地站在梨树下。

我哽咽着说不出话来。我好想对小薇说，你等我，等我回来。可是面对目前的困顿，我实在没有勇气，我只能选择什么也不说。

那个时候我不知道除了拼命地打工，努力地学习之外，还能再做什么。隔着电话这端，我突然没有了一点力气，我是那样地害怕。我们的心离得那么近，然而我们却那么远，那么远。

半个月后，小薇给我来了好几通电话，当时我在地下室洗那一堆永远也洗不完的碗，并未接上。

凌晨回到狭小的宿舍，我看到小薇的信息，莫离，我有了我们的孩子。

孩子？我多想有一堆我和小薇的孩子。眼泪像珠子一样地掉下来，小薇一定很需要我，我要尽快凑到一笔钱，我要回国，我要马上回国。

拨打小薇的电话，那端却无人接听。如此反复地打了几次，我不知道我与小薇什么时候能联系上，我跟小薇发消息，你等我！等我凑够了机票，我就回国。你一定要等我，我要我们的孩子。

我给母亲打电话，叫她想办法寄钱给我，母亲沉默着；我再给孙涛打电话，我说小薇怀孕了我要回国，孙涛劝我三思。我哭着骂孙涛，你滚，你还是不是我哥们？

第二天小薇回信息说，苏莫离，你不用回来了。我们离婚吧，我不打算要这个孩子，因为你养不起这个孩子。

什么？我不敢相信自己的耳朵，这是小薇说出来的话？我疯狂地拨打小薇的手机，可那边是永远的关机。

我心如刀绞，无力地跌坐在地上。

是啊，是我养不起这孩子，我有何理由留下这个孩子？是我太自私了，我凭什么让小薇做出这么大的牺牲？

我狠狠地扇着自己的耳光。

拼尽全身力量给小薇回了信息，我同意！

然后我哭着给孙涛打了电话，最后一次拜托你，带小薇上医院，她怕痛。

孙涛在电话那端沉默了半天，我以为他会骂我，结果他什么也没说，只说会替我照顾好小薇。

我擦干眼泪，冷笑着说谢谢，然后挂了电话。我知道孙涛喜欢小薇，从我第一次带小薇跟他见面就知道。
就算不要这个孩子，我也好想回去陪在小薇身边，可是我买不起一张回去的机票。
那一夜，我连仅有的三个半小时也没睡，不会抽烟的我破天荒第一次去街边便利店买了一包烟。我在烟雾弥漫的狭小房间里独自坐到天亮，我一次次把烟头按到胳膊上，没人知道我的心里有多痛，没人知道。

第二天小薇只回了六个字，苏莫离，你混蛋。

7
我再也没有勇气给小薇打电话，我知道仅仅是那三个字，便负了她。
很多时候，我鼓起勇气编写好了短信，却最终不敢发出去，我不知道要说什么。
说我爱你，似乎太苍白，现在的我拿什么爱她？说对不起，也无力，木已成舟！让她等我，似乎是我太自私。

我不知道我还能给她什么，从此再也没联系过小薇。
小薇亦不再联系我。我还是那只陀螺，旋转到连伤心的时间都没有，因为我的心早就空了。
可是在我仅有的四小时的睡觉时间里,我常常会梦到小薇,她就那样站在那棵梨树下对我淡然浅笑。
偶尔闲下来的时候,我会对着那张有些泛黄的被我看了无数次的照片落泪。
我是那样想念小薇,可是除了想念,我别无长物。

一个月后,孙涛发来信息,莫离,我和小薇在一起了。小薇说手续不急,等你有空回来再办。

这是我意料的结局,我以为我不会流泪,可我在凌晨的巴黎哭得肝肠寸断。我抓住过往的行人,一边流泪一边狂笑。我对每一个人说,我最爱的女人,和我最好的哥们在一起了。
他们当我是疯子,鄙夷地闪开。我休了三个月以来的第一天假,我费尽所有的力气波澜不惊地回了十三个字:很好,我祝福你们,协议随后寄到。
我看见巴黎街头的梨树上已挂满了青涩的果实,我想到一年前我在雪园里对小薇的求婚。我摘了一个尝了,那么涩,那么苦。
小薇的人生终于结果了,可惜不是我,我微笑着流尽最后一滴泪。

一年后,由于我在设计上小有灵气,我的作品逐渐被巴黎时尚界采纳,因此获得了不菲奖金,我的处境开始有所改善。

中途母亲病了,我偷偷回了一趟国。偷偷去看小薇,在人潮里一眼就看到有说有笑的小薇和孙涛,只是他们并没有看见我。

他们推着婴儿车，里面坐着一个几个月大的胖乎乎的孩子。小薇还是那样瘦，只是已剪了齐耳的短发。我躲在街角不敢出声，看着他们渐渐走远的身影，我还是忍不住地泪流满面。我深深地叹息着，如果当年我家没有出事，幸福的就是我跟小薇了。
可是我知道，生活里从来没有如果。

三年后，终于学有所成。我在巴黎的时尚界已成为一匹黑马，完全可以定居巴黎，但是我还是选择了回国。我知道我和小薇已再无可能，可是哪怕远远地看着她也好，因为那个像梨花一样清凉的女子一直在我心中。

8
我只告诉了母亲回国的时间，从来没有期待过会有人来接机。
母亲已不再是当年的风采。在我留学的这三年中，母亲为了生活竟然偷偷去做了两年的保洁员。这些年，母亲何尝吃过这样的苦？想到母亲，我的内心就温暖而湿润。

走出机场大厅，一块醒目的牌子让我眼前一热：苏莫离，欢迎你学成归国！
难道和我同名同姓？

我再定眼看时，小薇和孙涛并肩站在牌子底下，只是比起一年半前，她的发已养长了。我的身子像触电一样，脚步顿时有千斤重。我不知道我们的重逢，竟是这般场景。

而最奇怪的是，母亲竟然抱着一个两岁左右的孩子立在一旁。

想回避已来不及。既然回来了，面对是迟早的事情，于是硬着头皮迎上去。
你小子，长本事了！如今成著名设计师了，回国竟然不打电话？孙涛说着重重地给了我一拳。
我尴尬地笑笑，打电话做什么？我怕打扰到你们的幸福。
这么多年过去了，我以为自己可以波澜不惊地面对，可是说出来的话却是这样的酸涩。
小薇和孙涛微笑不语，母亲把孩子塞到我怀里，抱着，你儿子。
什么？这不是孙涛的儿子吗？当年小薇？
小薇和孙涛也不解释，只是微笑地看着我。

母亲轻轻托起小薇的手说，他们没在一起，只是为了让你死心之后安心学业。
母亲，难道你早知道？为什么不告诉我？我不相信地瞪大了眼睛。
小薇知道你毕业了才来找的我，我也是才知道不久。这些年多亏了孙涛照顾小薇。小薇知道你对她的感情，如若当年她不那样做，你也不会安心学业，而如今总算苦尽甘来了！母亲拭擦着眼角解释到。

我再也顾不得这是什么场合，抱着孩子和小薇紧紧地拥抱在了一起。小薇，小薇我爱你，我一遍一遍沙哑地喊着，泪水断了线地流下来，小薇在我怀里哭得像个小孩。
恍惚又回到了三年前初见小薇的情景。

风儿温柔地吹拂着她的发丝，额前的齐刘海在微寒的早春里欢愉地舞蹈着，白色的裙角在柔和的风里飘呀飘。她仿佛是从画中走来的一样，美到让人心醉。恰好几片洁白的梨花轻轻地落了下来，落在她的肩膀上，那样轻，那样轻……

那年三月的梨花那么轻，那么美，那么凉，却也那么暖。

你若不来，我怎敢老去？

1

瘦尽春光，零落鸳鸯，转眼杜青萍已经三十岁了。

都说女人上了三十容颜便会衰败，然而青萍仍然是一朵妖娆而艳丽的花儿。

杜青萍是苏州女子，也许是吸取了苏州的灵气，不止容貌精致清丽，就连骨子里都透着诗意的情怀。

此时的青萍是一朵孤独的琼花，因为她的身边一直缺少一个男人。

追她的人多得可以用卡车装了，可是她说那不是她想要的。她一直在等一个人，等一个叫蔚蓝的人。

蔚蓝走时一脸痛苦地说，也许我会回来，也许不会。如若你还能爱上其他男子，就嫁了吧！

青萍的泪刷的一下就涌了出来，重重给他一记耳光，你就是懦夫，只想做爱情的逃兵。

你记住了，我杜青萍，永远等你。

永远到底有多远？青萍不知道，这一等就是五年。五年过去了，窗外那株他走时才栽的石榴树都已经开花了，可是还是没有他的消息。她不知道他何时会回来，但是她还在等……

身边朋友的孩子都会打酱油了，只有她还是孤零零的一个人。

就连她青梅竹马的林格哥，也娶了娇柔可人的妻，而如今他的女儿都管她叫阿姨了。逢了假日，林格会打电话让她与他们一起玩。

起初青萍拒绝。可林格说，青萍妹妹，以后我只会永远把你当妹妹，尽管我们没有缘分做夫妻，但你永远是我的亲人。

她便不再拒绝，她懂得他的好意和体贴，他只是怕她太孤单。

看着一脸温柔地给妻女夹食物的林格，她知道，现在林格真把她当妹妹了。青萍在心底叹息一声，这可真是一个温柔而体贴的男子啊！只可惜，她与他的缘分，终归是一场镜花水月的虚幻，他一直不是她想要的，从一开始就知道。

此时在必胜客临街座位上，青萍看着绿肥红瘦的窗外远景发呆。林格看着呆呆望着窗外的青萍，一脸担忧地说，你活得太形而上了，如若蔚蓝不回来，你打算一辈子等下去吗？

青萍幽幽地叹息一声，然后苦笑了一下，我坚信他会回来！

2

看着林格心疼的目光，青萍想，如果不是因为蔚蓝的出现，她也许会嫁给林格吧。

而最戏剧的是，蔚蓝就那样猝不及防地撞进了他们的生活。

青萍和林格家是世交。他们的母亲是闺蜜，结婚后嫁在同一个城市，并且把房子买在了同一小区。

林格早青萍一年出生，两家人便开玩笑结成儿女亲家。表面是一句玩笑话，可心意却是真的。

小时候林格是个称职的哥哥。替青萍打架，买她爱吃的零食，只要是青萍喜欢的，他就一定想办法替她办到。

小学时青萍看到一个有小人跳舞的八音盒，喜欢得不得了。可是太贵，家里又不给钱，她便每天眼巴巴地去看。

林格看到青萍期望的眼神，便下决心一定要替她买回来。可他们只是学生，手头的零花钱没那么多，怎么办呢？

后来林格天天不吃早餐。用一个月的早餐钱，终于替青萍买回了那个八音盒。

拿到八音盒时，青萍一脸激动地拉住林格说，林格哥哥，你对我真好！

林格只是憨厚地笑笑，谁让你是我妹妹呢！你开心我就高兴。

我永远是你妹妹，谁变谁是小狗，青萍说完伸出手去与林格拉钩。

可妈妈说，你以后会是我媳妇！

林格哥不害臊，我才不做你媳妇呢！我只要做你妹妹，否则不理你了！青萍说完便气呼呼地嘟起了小嘴，竟真的不理林格。

林格看着青萍紧皱的眉头，答应她，好吧！你说妹妹就妹妹，你不生气就行。

最终还是伸出手去与她拉钩。

从小学到大学，他们一直读同样的学校。

大学时林格每天买好早餐气喘吁吁地送到青萍宿舍楼下时，那温度正好可以进嘴。

放假了他们回老家遇到车票紧张，如果只有一张坐票，总是青萍坐着。而每次不管青萍有什么事，林格总会第一时间出现。

宿舍里好多姐妹都说，你男朋友对你可真好。

青萍笑笑，那是我哥。

他们两个就是彼此的影子；而他们两家好得更是不分彼此。

他们一天天长大，两家长辈已默认了这桩婚事。

3

毕业之后他们回了苏州，很快走上各自的工作岗位。

林格去了广告公司，而青萍做了语文老师。

林格一如既往地对青萍好，青萍也理所当然地享受着，这是二十多年的习惯。

休息时，他们常常一起去苏州那些古老的园林。

青萍喜欢去沈园，那里有陆游和唐婉的故事。她常常会去触摸那些字迹，她觉得那些字那么美，那么忧伤。

而林格不喜欢沈园，他说沈园有太多的幽怨，他还是喜欢留园的玲珑雅致。

一年后林格创办了自己的公司，很快生意做得风生水起。转眼林格二十六岁了，青萍也二十五了。青萍生日那天，林格在巴黎春天包了场。
当青萍按约定赶到时，被眼前的情景惊呆了。
巨大的心形烛光在典雅的餐厅里摇曳着迷人的浪漫，背景音乐播放的是刘德华的《爱你一万年》。
青萍想，林格哥今天要正式向女朋友求婚了，邀请自己来做见证。她好奇地打量着餐厅，在这样的场景接受求婚，的确是一件浪漫的事。
这时西装革履的林格满脸微笑地出现在她面前。他左手一束火红的玫瑰，右手朱红色的锦盒里放了一枚熠熠生辉的钻戒，一脸严肃地在青萍面前单膝跪下。
好妹妹！你愿意嫁给我吗？
青萍第一次正视这个自己一直叫哥的男子，原来他这么帅。她看着他，扑哧一声就笑了，别闹了，知道你拿我演练，快叫准新娘出来。

可林格一脸深情地说，我的准新娘就是你呀！
青萍的笑容一下就僵在了脸上，她不解地望着他。
难道这么多年来，你就看不出我的心思吗？林格一脸忧伤地问。
青萍突然就慌了，不！你是我哥，你一直是我的林格哥呀！
林格沙哑着声音说，我不只是你哥，我还要一辈子做你的情哥哥，答应我，好吗？
答应我，青萍。他的眼神固执而热烈。

青萍看着林格深情而热烈的眼神，大脑一片空白。这么多年以来，她一直当他是哥哥。面对他突然的表白她不知道到底要怎么办。

她慌张地丢下他,转身一阵风似的跑出了餐厅。

4
她的生命里不能少了林格,但似乎又不是眼前的样子。
尽管她没有接受林格的求婚,可是林格还是一如既往地对她好。
怎么办呢?青萍开始征求身边人的意见。
母亲说,萍儿,答应林格吧。这孩子我们看着长大,错不了!
闺蜜说两小无猜的人终成眷属,会是一段佳话。
同事说这么好的男子,打着灯笼都难找,没有感觉是因为你们太熟。

或许吧,她想。
她真的应该答应嫁给林格吗?
她爱他吗?似乎没有怦然心动的感觉;说她不爱他吗?可是她又不能想象,没有林格的生活会是什么样子的。
嫁给他似乎不错,可她又觉得哪里不对。

在林格又一次求婚时,看着眼前这个二十多年一起走过的男子,她想或许这就是生活的样子吧。在她没允诺也没拒绝的情况下,林格眉开眼笑地把戒指套到了她手上。
这样就算默认了吧?

他想去亲吻她的唇,她下意识地闪了一下。
她看到他眼里有一闪而过的失落,然后他激动地亲吻着她的额头,青萍妹妹，我迫不及待地要你做我的新娘了。
青萍看着手上的戒指想，自己就这样被他圈定一生了吗？看着看着，她的心便荒芜成一片野草。
她说再等等吧，你看我们还年轻，我还想再玩两年。尽管林格眼里有掩饰不住的失望，可最终还是依了她。

两家父母欢天喜地地盘算着，只有她一点也欢喜不起来。
她常常一个人跑去沈园去发呆，有时一坐就是半天，甚至莫名其妙地落泪。

5
有一天，她一个人在沈园里坐到下午，突然下起大雨。她急忙去凉亭躲雨，不小心摔了一跤，脚扭到了。她试着站起来，可是钻心地痛，痛得她迈不开步子。
尽管那时林格在上海出差，可她还是习惯性给林格打了电话。
林格温柔地安抚好她之后，叫了自己的合伙人蔚蓝去帮她。尽管之前他们分别从林格那里见过对方的照片，但真正见面却是第一次。

他飘逸宁人，目若朗星，眼神却又薄凉如风。见到他的一刹那，她的心瞬间被击中，这才是自己想要的男子啊。
她感觉自己的眼睛被什么晃了一下，喉咙里有一些哽咽的酸涩，而此时沈园里的琼花在雨中璀璨。
怎么把自己搞得这么狼狈？看着她狼狈不堪的模样，他幽幽地叹息一声。就是那一声叹息,让他们的眼神迅速地纠缠在一起。

有些人,一眼就是千年,可他怎么来得这么迟?她突然呜呜地哭了起来。

她一哭,他便慌了!焦虑地看着她说,别哭,别哭呀!

她看着他窘迫的模样,忍不住又笑了。

傻丫头,上来,我背你!看她不再哭了,他便轻轻地附下了身子。

我不叫傻丫头,我叫青萍,她轻声地争辩。

他依旧微微叹息一声。好!青萍,上来吧!他说。

她便轻轻趴在他背上,她觉得他的背那么宽大,那么温暖。

你可以背着我经过那堵墙吗?她问。

好,他说。然后他果真把她带到了那堵粉墙面前。

她趴在他背上,他们静静地看着那些诗,她在他背上落泪。

还惹思量,莫道不凄凉。他盯着那些诗看了很久,突然说了这么一句。

就这一句,她的心彻底沦陷了,原来有的人,灵魂上本就那么近。

青萍在医院住了一周,蔚蓝照顾了她一周。她觉得他们那么像,常常不需要说话,只一个交会的眼神,就能懂得彼此的心事。

心有灵犀一点通就是这种感觉吧!

虽然只是一周时间,她感觉和他好像认识了几辈子。书上说爱上一个人只需要几秒,竟然是真的。青萍心潮澎湃地看着眼前的这个男子,她爱他。可他是林格的合伙人,她要怎么办呢?

临出院的最后一晚,她看着温柔替她剥橘子的蔚蓝,终于鼓起勇气颤抖着嗓音问他,蔚蓝,如果,我是说如果,如果没有林格,你会喜欢我吗?

她紧张得声音都变了调,她不知道他会给出什么样的答案。

他低着头,深深地叹了口气。过了良久抬起头,艰难而苦涩地说,如果我说从见到你照片起,就喜欢你了,你信吗?
信!因为我们那么像。她看着他忧伤的模样,泪一下子就涌了出来。
可为何我们遇见得这么迟?她泪眼迷茫地问他。
他只能深深地叹息着,然后眼里逐渐泛起一团凄迷的水雾。
青萍一下扑到他怀里,呜呜大哭起来,哭得那样委屈,哭得那样伤心绝望。

不记得谁先吻的谁,他们深情而绝望地吻在了一起。可理智告诉他们,这样的感情就是一根脆弱的稻草。

迟了,一切都太迟了,他们只能放开彼此。
那一夜他们心如死灰地相对着垂泪到天明。

6
青萍决定跟林格解除婚约,她不能嫁给他,她爱的人是蔚蓝,毕竟婚姻是一辈子的事情。

林格回来了,青萍看着嘘寒问暖的林格,几次到嘴边的话又被咽了下去。怎样说伤害才能最小呢?虽然不想嫁给他,可他们还有这二十多年的亲情啊!怎么办呢?夜深人静时她常常焦虑得满脸泪痕。她是那样想念蔚蓝,想得整颗心都痛了,可是对林格她又开不了口。

秋天的树叶变黄,她觉得那黄是那么忧伤,可是她比那些树叶还要忧伤。
她开始整夜整夜失眠,人一天天憔悴下去。长期日夜思念而不能的煎熬,再加上突至的风寒,青萍发了高烧一直处在昏迷当中。
她被送进了医院,林格寸步不离地精心守护着。他在心里祈祷,只要青萍能醒过来,要他做什么他都愿意。

三天了,青萍一直高烧不退而处在迷糊当中,林格衣不解带地守了三天三夜。
第四天傍晚时,林格听到青萍隐隐在说梦话,便走过去拉住她的手温柔地伏在她耳边想听清她说什么。
蔚蓝,不要走!她拉着他的手流着泪。
你知道我日日夜夜都在想你吗?我想得整颗心都要碎了。我是那样爱你呀,她细细地抚摸着他的手。
给我时间,我一定跟林格哥说清楚。我当他是哥哥,我爱的人是你啊!

那一刻,林格彻底懵了。这个自己爱了二十多年的女子,一直渴望长大后能娶为妻子的女子,竟然没有爱过他?

他觉得自己的天都塌了,疯了似的跑回公司,一把揪住蔚蓝的衣领,一拳拳打在他的胸脯上,他要打死这个横刀夺爱的小人。
蔚蓝也不还手,只是默默地任他打。林格终于打得累了,坐在办公室一支接一支地抽烟。当他接连抽完一盒时,终于做出了决定。

他把蔚蓝揪到青萍的病床前,去安慰她,让她醒来,如果她醒不来,我杀了你!他愤怒地看着蔚蓝的脸,眼神冷得像一头冰冷的兽。
等青萍终于清醒过来出院后,林格主动跟她解除了婚约。他说强扭的瓜不甜,以后她就是他永远的妹妹。

青萍看着一脸憔悴的林格,眼泪不停地落下来。她拉着他的衣袖说,林格哥,对不起!
林格叹息着,不要道歉,傻妹妹!我一直知道你不爱我,可我那么希望你能嫁给我,那是我二十多年来的梦啊!可我不能骗自己了,你有了爱的人就勇敢地去找他吧。

青萍号啕大哭,如果下辈子还能遇见,你还做我哥吧!

7
林格的手机响了,当他看完信息时,突然急促地催促着青萍,快去机场,蔚蓝走了,他把公司丢给了我,说是要去流浪一段时间。或许你能留得住他,我祝你们幸福!

当焦头烂额的青萍在机场找到蔚蓝时,他的眼神凄凉而绝望。
我爱你,青萍!但是此时此刻,我无法面对林格,所以我必须走。

青萍的泪刷的一下就涌了出来,重重地给了他一记耳光,你就是一个懦夫,只想做爱情的逃兵。
但是你记住,我杜青萍,永远等你!

然而这一等就是五年,花开了再谢,可青萍心里的爱情之花却永远开着。她觉得总有一天,她的蔚蓝一定会神采奕奕地出现在她的面前。

所以她要永远保持自己最漂亮的容颜,因为她一直期待着他们重逢的那一刻,让蔚蓝看到她时眼里有热烈的惊艳。
也许他会微笑地看着她说,傻丫头,五年未见,你还是原来的样子!
而那时,她会一脸甜蜜地回复他,你若不来,我怎敢老去?

这一站的幸福

1

我怎么会这么轻易就爱上一个人呢？时隔多年，我仍找不到想要的答案。是那个黄昏太让人心动，还是凉笙太有吸引力？更或是他的坚毅和果敢早就植根于我心底？还是他骨子里就有我曾经一直有的寒凉？

总之他是一个邪恶的男子，不可否认这一直与他的传说有关。

我喜欢国画，那时凉笙已是书画界的一匹黑马。他的画风婉约而细腻，准确地说更像出自一个女性之手。当大家都认为凉笙是一个婉约细腻的人时，他却又毫无征兆地呈现出男子嫉恶如仇的个性，那时的他更像一个"愤青"。尽管在这之前并未见过凉笙，但是有关他的传说却早已传遍了书画界。他的风流多情，他的冷漠决绝……总之，只要他想出手，无论多么坚定的女人在他面前都"在劫难逃"。

洛夕说，婉云，我警告你！以后碰到萧凉笙的时候你一定要躲远一点。这个人你千万不能碰。你不知道，他是有毒的！他身后的女人都排成加强连了。

有这么夸张吗？我看着好姐妹那么认真的表情微微笑了。

最要命的是无论他怎么对她们，她们一个个都爱他。而且爱得死去活来，爱得死去活来，你知道吗？

曾经有一个女人因为爱上了他的画，从内蒙跑来形影不离地在他身边待了三年。他们在一起同居，但是后来他对她说，你不要一直跟着我，我不爱你。你看多么冷漠而无情的男子，可是她不恨他。她走了，然后还是一如既往地对他好。

这只是他其中的一个故事。

我看着洛夕认真而激动的表情，笑得一脸坦然。你放心好了，这样的男子，我一定躲得远远的。

你知道我一向喜欢深情而长情的男子，再说我有武言。

那个给你写了很多情书，却不懂人情世故的东北男子？洛夕撇了撇嘴。他空有才情，却配不上你的灵魂，你们不会长久，我断定。

洛夕说得坚定而决然。

可是我与他的事情，在我们这个圈子，已经人尽皆知了，我想对他和我都有个交待。

我呆呆地看着远方。此时窗外的泡桐树花繁茂得如一场苍凉的雪，亦如我感情世界里那些凄冷的凛冽。我不知道我固执地坚守，会不会有零落成泥的一天，我一直是个保守的女子。

注意！洛夕见我发呆，<u>重重地敲着桌子</u>，好歹你也是知识女性，不要拿道德来绑架爱情或婚姻，那是一生的痛苦。

2

春天来的时候,凉笙办了自己的画展,我们应邀从四面八方聚集到杭州。彼时他在上海、天津和杭州都开了自己的画廊。

远远的有一个穿着白衬衣、灰裤子,文质彬彬的青年男子走了过来。
洛夕小声地提醒着,不好,妖孽来了。
哪有什么妖孽?明明是一介书生,我笑着回应。我知道她指的是萧凉笙,我在宣传册里见过他的照片。

那天我穿了一件飘逸的黄色碎花真丝长裙。不可否认在这群女子中间,我有着出类拔萃的容颜。但这些年来我从没为自己的美丽自豪过,更没把美当成一种资本。我发誓,一刻都没有。一个女子,再美的容颜也会凋零,我希望别人注意到的是我的才华或品性。
我好奇地打量着他。长得并不是很帅,一米七四左右的身高,微笑时会有腼腆的羞涩;但安静的时候却有着冷峻而深邃的眼神,举手投足之间透出一股睿智的儒雅。
这样的男子是我喜欢的类型,只可惜……

他看到我时,眼里飞快地闪过一抹赞许,很快又恢复了常态。
陆婉云,他一边清晰地叫出我的名字,一边伸出手来与我握手。
他知道我的名字?正在我诧异的时候,他被别人叫走了。这样的盛会,他自然是众人瞩目的焦点。

等他走远了,洛夕碰碰我,总算见识到了吧?我笑,至少目前我还没见到他特殊的魅力。
你呀!洛夕轻点着我的额头,他已经注意到你了,我不希望看到你哭的那一天。
怎么会?我笑。从小便受古典文学的熏陶。童年的岁月,我是听着外公才子佳人的故事长大。我喜欢的男子一定是深情的,像《小李飞刀》里的李寻欢。像他这样游移于情爱的男子,再优秀我也不会喜欢,这是我的真心话。

展出持续了一周。一周的时间,我都和洛夕、武言在一起。那时武言仍会夹菜给我,只是那时我们之间已有了明显的裂痕。不同的成长背景,不同的认识和经历,不同的价值观和人生观……
尽管我们还在一起,但是却有着背道而驰的疏离。这种疏离不在表面,而在心上。我曾试着去忽视,但却发现除了更加痛苦,我别无所获。

萧凉笙过来敬酒,他冲我礼节性地点了点头,然后与武言称兄道弟地寒暄着。男人之间的周旋我没有兴趣,拉了洛夕去拍照。

酒店外面便是一处仿古园林。人间四月芳菲尽,暮春的园林已呈现出一种绿肥红瘦的景象。走在曲径通幽的小路上,远远地听见有人在唱曲,是那种极尽缠绵而哀婉的曲调。想起我曲折而凄婉的身世,一种几许伤春复暮的悲凉溢满心头。

我对着晚霞落泪,洛夕陪着我在凉亭里坐到很晚,回去时大家已回房休息。此后几天大家也是各自忙碌着,我和凉笙便再无交集。

那次巡展之后,我与武言的感情终于在一次又一次歇斯底里的争吵里凋零。那是我的初恋,在那样一场受尽折磨的情爱里,几乎耗尽了我所有的力量和热情。

我是那样想与他走到一起,只可惜他不懂。那是一个极自我却固执的男子,他懂的只是他的世界,他把我当作他的私有物品。

洛夕真是一个女巫,她早早就预言了我的爱情,而且那样准。
我以为再也不会爱了,至少在很长一段时间里。

3

和武言分手后我的日子又恢复了单调的宁静。一个女人只要有了自己的事业和爱好,一样可以把生活过得风生水起。我把自己打扮得花枝招展,却从不接受男子的邀约。

身边殷勤的男子不少。送花的,请吃饭的,买礼品的,甚至有邀请一起郊游的。

不。我说,不。

我固执地把自己尘封起来,拒绝任何异性靠近,因为一旦靠近便会有伤口,我不想继续失望。

一日在书画网上闲逛,一幅水墨残荷突然闯进我的视线,多么苍凉的意境啊！我的内心受到了强烈的震撼，那一片残荷，几乎枝零飘落。一些枯萎的荷叶，以倾倒的姿势跌落在荷塘里，只有一只孤零零的莲蓬还突兀地挺立着。

我心里一惊，这要多么荒凉的心境，才能画出如此残败的荷？细看之下意外发现是萧凉笙的作品。那么一个香艳风流的男子，竟能画出这么夺人心魄的作品，这倒让我有几分意外。

上网搜索了一下，网上关于他的消息不少，甚至包括他为了书画事业奋斗拼搏的过程都有详细介绍。

我莫名地被感染了，如若我是男子，亦会有如此的斗志和豪情吧？而此时他的画廊已开了十余家，网上留有他的微信号。我抱着试试看的态度加他，不想很快通过验证。

他问，你是谁？

我不是一个善于与人逶迤的女子。陆婉云，我说。

有空来玩，他说。

我们聊天通常只是寥寥数语，感觉他是一个异常沉默而少言的男子。如此沉默的男子，怎么会有那么多人喜欢呢？我好奇。

你那幅墨荷真不错，我说。

他说，你若喜欢，我再重新画一幅一样的送你。

我说，不一样。他笑，是不一样。

几天后便收到他的画。

他不知道一直以来我是极喜欢荷的，尤其是风雨里的残荷，有一种倔强而孤寂的美。虽然会让人心痛，但更彰显了生命的顽强和不屈。一直以来我喜欢有精神强度的事物，包括人。

后来我们交流逐渐多了起来，他问，你和武言如何了？
分了，我说。然后发了一个哭泣的表情，只是他不知道，我是真的哭了。
慢慢的他开始在微信上发一些暧昧的表情，比如说拥抱、爱情、亲吻，有时候甚至会发一段暧昧的语音……
我从不回应，一次都不回。我固执地认为，像他那样的男子，顶多是无聊消遣的习惯，我又何必当真？
爱情对于我来说是遥远的奢侈品，对于他来说应该是更遥远的记忆了吧！

三个月后的一天凌晨，打开微信时看到他的头像在闪，今夜想与你说说心里话，可以吗？婉云。
他第一次叫我婉云，他问，如果当初我先追你，你会选择与我在一起吗？
做朋友不是很好吗？有一个能聊天的朋友更不错呀，我说。
他叹息一声，这些年能聊天的朋友不少，只是我已经麻木了。我心里一动，知道这是他的真心话，能被人信任的感觉总是好的。
他又问，有没有想象过我的生活是什么样子的？
你不是整天满世界地跑吗？网上都有介绍，我笑。
我不可能没有自己的生活吧？我感觉到他的失望。

可那时，我真的不想与这么一个多情的男子有什么纠葛。

4

急转直下的情节发生在两个月后。偶尔说起一个我认识的书画商,他表现出浓厚的兴趣,我顺理成章成了介绍人。

能帮到别人,对我来说是一件开心的事情,这一点遗传于我的父亲。

妥当安排一切之后只等着他的到来。想起他的故事我起了玩心,在微信里调侃他,陛下,要不要给你安排一个妃子接驾?
他说,有你就够了!
我反驳着,才不要做你的妃子呢!
他说,那你做我的皇后好了。
我回,三千弱水我只取一瓢饮,所以我也不能做你的皇后,我没有管理你三宫六院的气度。
他笑,是坏笑。

他来了,因为有东西要送到他的酒店。之前有了武言的事情,我从来没想过他会对我采取行动,更没想过我会与他有感情上的交集。
见到他的一刹那,有一种石破天惊的惊艳。两年未见,也许是事业的成功,他的身上散发出更加温润的光芒。我不知道是灯光的作用还是我的心理作用,总之我在他的脸上看到了迷人的芬芳。
因为还需要等人,我们便喝茶聊天,聊着聊着就突然聊到武言,我的泪又落了下来。

他掏出纸巾温柔地替我擦去眼泪,然后我们的眼神碰到了一起,他温柔地把我搂进怀里,呢喃地在我耳边轻语着,婉云,以后让我来照顾你吧!
我等你很久了,虽然我们晚了三年,但是你看,我还是来了!让我们开始,好吗?我才是那个能够给你幸福的人。
不知道是他的眼神太温柔,还是我早已沉醉在他一点点编织的情网里,我竟然动弹不得。

直到那一刻,我才突然意识到他其实早就在我心中……
我艰难而晦涩地问,之前的一切,你都不介意吗?
他说,我只要以后的你。

5
看着他期待认真的眼神,我羞涩地低下了头。他的唇迎了上来,温润而寒凉,我颤栗地接着。
我们像两棵纠缠的水草,不经意触到他冰冷的眼神,我浑身一个激灵,然后是莫名的心疼。

这是一个多么孤单的男子,到底经历了什么?要他这么漠然地俯视这尘世的一切,包括最意乱情迷的时候?在那一刻我发誓要用一生来疼他、温暖他。

我轻轻地抚摸着他的脸说,凉笙,我爱你!你爱我吗?我问。
他诧异地抬起头,只是深深地看着我并不说话。

我喜欢你，很喜欢你，后来他说。

原来只是喜欢！心刹那寒凉到极点，这一切都是自己的一厢情愿罢了。我哭了，为这样一次不对等的交锋。

他走了，在机场说着情意绵绵的话。

他说婉云，你以后就是我的女人，给我时间，以后我们在一起。

我说，好，我信你！

我一直相信，他真的需要一个温柔体贴的女人。

但是他走后并不主动联系我，而我联系他他也回应，这让我倍感迷茫。我不知道自己究竟在他心里，扮演着一个什么样的角色。我疯了一样地搜索所有与他相关的消息。

相近的身世，多舛的命运，然而我们却生长成坚韧的野草，这让我更加地迷恋他。

我哭着打电话给洛夕，我说我爱上凉笙了，我以为洛夕会骂我。洛夕叹了口气说，傻丫头，你需要一个人好好疼爱你。

泪又落下来了，她最懂我，知道我不轻易爱人，如若爱了便是劫难。我疯狂地爱上了凉笙，而凉笙总是忽冷忽热地游离。

都说爱情是一场你追我赶的拉锯战，所有的一切我都懂，可是在凉笙面前我不想矜持，因为我不想他再因为我有丝毫的难过……

我极力揣摩着凉笙的心情。在他痛苦时给予安慰，在他取得成绩的时候分享他的喜悦，当他遇到挫折时去鼓励他。买他喜欢吃的零食，发好笑的笑话逗他开心，甚至千里迢迢跑去他身边陪着他满世界跑，只因为他说心情不好……

洛夕说，傻丫头，你陷得太深了！你这样不值，最终伤的是自己！
在爱情的世界里，又哪来的值与不值呢？从来有的只是愿意与不愿意。

慢慢的凉笙对我的态度有所缓和，可是有时候也会有不闻不问的冷漠。
我一直相信以他的阅历，有什么是他不懂的呢？包括真情与假意。
可洛夕说，我不看好你们。我哭着对洛夕说，你不懂得，人总要疯狂一回痴傻一回，才算真正爱过。

每当凉笙冷漠时，我会选择给他留言的方式与他交流。有一次他一个月没理我，我实在支持不住了便给他留言，傻孩子，你还要让我等多久？不管你爱与不爱，我的爱已变成自己的誓言。何苦还在已逝的情感里折磨自己？其实爱情随处都在，我会一直等你，等你变得温暖的那一天。
但如若只是我一厢情愿的打扰，那么请告诉我，我不再纠缠。爱情可以是一个人的事情，但是相爱绝对是两个人的事情。

那天夜里，凉笙打来电话。
婉云，其实你一直在我心底，我需要你，谢谢你一直等我。
我爱你！我爱你！他说。
多么温暖的三个字，只是你知道我等了多久吗？我哽咽着说。
泪再次汹涌澎湃，只是这次却是幸福的泪水。

我大声地对他说，凉笙，我永远爱你！

一个月后，我生日的时候，我们并肩走在杭州饭店曲径通幽的透明玻璃长廊里。窗外，有大棵的香樟树和美丽的小叶银杏树，那些苍翠欲滴的绿，一如我们心底满溢的幸福……
凉笙说，婉云，你真美！
我亲昵地挽住凉笙的胳膊，一脸幸福地说，有你陪伴的时光更美！

思念是一汪蓝色的海

1

那年T大学百年校庆，计划排练《罗密欧与朱丽叶》，需要在全校范围内招募话剧演员。初步暂定由我饰演朱丽叶，而最终的结果还需要等总策划来决定。

演罗密欧的男子就是这次校庆的总策划，中文系的才子周黎。虽然名字早已如雷贯耳，只是之前并未见过。

一直以来我身上便透着一种与世隔绝的寒凉，我在班里是出了名的冷美人，当然我感兴趣的事物除外。

剧组召开演员见面会，导演说彼此熟悉了才更有利于对戏，地点选在了银杏园。

那天我是第一个到场。暮秋的银杏叶黄得像疯了一样，我不喜欢这样的热烈，一点也不喜欢。总觉得过于热烈的事物必不长久，比如说母亲和父亲的爱情。那些鲜艳的黄，印在我心底像一首忧伤的诗，我无限伤感地背对着银杏园的入口，看着天空独自发呆。

篱菊。

听到有人叫我，转过身时看到导演和一个英俊清秀的年轻男子站在我身后。

我给你们介绍一下，这就是周黎。

我面无表情地冲他微微点头，算是打招呼了。他目不转睛地盯着我，我也不由得打量起他来。

修长挺拔的身形，忧郁的眼神，凛洌而清冷的气息。微微上扬的唇角透着几份自信的孤傲。这不就是一个典型的高傲王子的翻版吗？他当得起这个罗密欧，我在心底暗暗思量着。

足足十秒钟之后，他冲导演打了一个响指，我算是通过了。

尽管我很反感他这样冷傲的行为，仗着自己长得帅，再加上又有几分才气，好像谁都入不了他的法眼似的。可是做为学表演的我，朱丽叶这个角色我不想放弃，表面上我忍着他，可心里全是不屑。

我的不满他全看在眼里，却并不气恼，依然不动声色地按照他的思路排练。

随着与他的接触多起来，我开始对他刮目相看，他确实有孤傲的资本。不只是因为他长得帅，也不只是因为他的才气，做为一个学中文的，他的表演竟然比我这个学表演的还要到位。我对他的感觉由最初的不屑，慢慢地一点点演变成信任，再演变成崇拜，我甚至开始不由自主地靠近他……

而周黎看我的眼神，不知什么时候开始，也再没有最初的冰冷，竟然开始一天比一天温软。

很多时候，看着他含情脉脉的眼神，我只能惶恐地低下头去。明明渴望却又害怕，我是那样害怕与人接近。

我对自己说，这只是演戏，我们都只是这剧里的演员，只是演戏而已……

直到有一天，我看到一个面若桃花的女子来找他时，突然觉得气愤和难过。我才发现不知道什么时候，他已悄悄走入了我心里，而我和他也不只是演戏那么简单。
我们都那么孤冷，那么骄傲，相互吸引是必然的事情。我想我是爱上他了，我们之间，差的只是谁来捅破这一层透明的窗户纸……

演出获得了空前的成功，那一场话剧，简直把罗密欧和朱丽叶演活了。那感情，那神韵，甚至是彼此一个对望而凝视的眼神，都被我们演得惟妙惟肖。演出结束了，台下起哄"'罗密欧'和'朱丽叶'现场来个亲密拥抱"。

看着即将抱住我的周黎，我想起了被父亲抛弃的母亲，一把推开了他。我在慌乱中胆怯地做了逃兵，台下响起了起哄的嘘嘘声和喝倒彩的声音。
周黎成了大家的笑柄。

2
泪轰然而落，我疯了一般奔向操场。
呼啸的寒风呼呼地从脸庞刮过，我想要飞起来，只有飞起来才能缓解心中即将爆炸的压抑。我扔了演出用的高跟鞋，光脚踩在冰冷的水泥地上，亦感觉不到痛。跑了五圈之后，我终于体力不支瘫倒在地上，然后爬起来躲到操场台阶旁高大的梧桐树下继续流泪。

我哭得伤心而绝望，明明那么喜欢他，可我还是无法走出父母感情的阴影。

我永远忘不了我五岁那年。

当母亲又被父亲打了一顿之后，我和母亲拉着行李箱孤单地走在街上，冬天的风呼呼地刮着。母亲红肿着脸，一边流泪一边对我说，篱菊，以后不要轻易去爱上一个男人，爱上便是万劫不复……

我看到母亲的眼神那么绝望，那么悲凉。

周黎来找我，眼睛里有近乎冷酷的愤怒，为什么？他问。

我要如何告诉他我父母的事情？

不，我不能。

我低着头冷笑，哪有那么多的为什么呢？我只是不喜欢，不喜欢你而已。不要以为你优秀，全天下的女子都可以围着你转。我就是琼瑶笔下的枯叶蝶，我需要自己的保护色，我想这样我就可以保护自己了。

以周黎的骄傲，他肯定不会再多说一句扭头就走。我把头埋在胳膊上呜呜地大哭起来，我想我永远失去他了，永远！

我一边哭一边自言自语地跟他说对不起。周黎，对不起！我一遍遍地说着，我以为他走了，他不会听见，可我还是想说。

不记得哭了多久，当我再抬起头来时，他依然静静地立在原地，只是月光下的他那么苍白，那么忧伤……

周黎，我是在做梦吗？是你吗？我不确定地颤抖着声音叫他。我想对他笑，可是却发现自己根本笑不出来，然后又呜呜地大哭起来。

他一下子冲过来把我紧紧地搂在怀里，头埋在我的肩膀上细语着，篱菊，你这又是何苦呢？你知道吗？从看到你的第一眼起，我就认定你了。
你知道我做过多少次挣扎吗？我不敢向你表白，我怕……但我又不想失去你，你就是一个妖精，他幽幽地叹息着，你让我欲罢不能。

过了半晌，他捧起我的脸，深情地凝视着我的眼睛，我爱你，篱菊！他说。
我颤抖了一下，把目光移向远方，依然不说话。
他继续深情地呢喃着，为什么我一闭上眼睛，满脑子里都是你？你的骄傲，你的清冷，你知道吗？你知道吗？他见我没反应，焦灼地摇晃着我的肩膀。

面对这么痴情的男子，我终于软化下来，伸出一只手捂住他的嘴，冲着他期待的眼神轻声回应着，一生一世一双人。
他惊喜地把我拥进怀里，我们在那个夜晚敞开了彼此的心扉。

也许是造化弄人，原来他竟然跟我有着几乎相同的身世，难怪他也那么冷。
我心疼地抚摸着他的脸，泪又落了下来。
同是天涯沦落人，不记得是谁先碰到谁，我们疯狂地吻在了一起。
尽管寒冬的月色有着雪一样的清冷，然而我却觉得从来没有过的温馨。我想，从此以后我再也不会孤单了，因为我有了同病相怜的周黎。

至此我和周黎的故事，终于由戏里走到了戏外。在大家的眼里，我们就是天造地设的一对。
暮云一脸羡慕地说，所谓的郎才女貌、比翼双飞也不过如此吧。暮云是我唯一的朋友，从小到大只有她不嫌弃我清冷的个性。

3
毕业前周黎在银杏园里问我，篱菊，毕业了你愿意跟我去我老家吗？
我一脸幸福地答，只要能跟你在一起，去哪里我都愿意。

周黎轻轻地把我拥在怀里，开心得像个孩子。他说我们可以生一堆的孩子，然后跟他们做游戏……
我红着脸娇嗔地笑骂他。
在他一次次的描述中，我知道他的故乡有瓦蓝瓦蓝的天空，有像棉花糖一样洁白的云朵，有美丽而迷人的格桑花，有淳朴而厚道的村民。我想那样安静而清新的小山村，是我喜欢的样子。

而他之所以选择回老家，全是因为一片孝心，他懂得母亲含辛茹苦把他抚养长大的不易，所以他不想她晚年太过孤单。尽管很多人知道他的决定后都觉得可惜，他那么优秀，留在大城市会有更大的发展。
可是我理解他，更支持他。这么孝顺而善良的男子，叫我如何不爱他？
我期待着毕业。无数次，我梦见我和周黎在开满格桑花的小路上漫步……

那天我和周黎从图书馆出来，再次碰到那个面若桃花的女孩。
嗨，我等你很久了！她微笑着冲我们摆了摆手。本以为她要找周黎说话，没想到她扭着腰肢走到我面前，却突然狠狠甩了我一记耳光。

她骂我,篱菊,你真不要脸,竟然勾引我的男人。

周黎把我护在身后,像一头愤怒的野兽,他指着那女孩骂她,宝琛,真正不要脸的是你,你怎么这么贱?你再动一下篱菊试试,不要以为我妈喜欢你,我就拿你没办法。
那个叫宝琛的女孩哭着跑开了。跑了几步,她回过头来冲我鬼魅地一笑,篱菊,你信不信?最后赢的一定是我。

我呆立在原地,我不知道如何面对刚刚发生的这一切。
可周黎心疼地抚摸着我的脸说,篱菊,不要信她的话。她是我妈妈闺蜜的女儿,因为她们家对我家有恩,所以我们家一直很迁就她。
但是对于爱情,我绝对不能拿去还恩,我要你,我只要你!我绝对不能失去你!他说着说着竟然哭了起来。

那是我第一次见他哭,一向坚强而冷酷的他,在那一刻像一个无助的孩子。
我心软了,我相信他不会骗我,我们又拥抱到了一起。

4
我和周黎回了他的老家,滇西的那个小镇。
有情饮水饱,我天真地以为只要能跟周黎在一起,所以的问题都不是问题。

然而我还是低估了周黎妈妈对我的排斥。我去的第一天她便对我说,我不知道我儿子是如何对你说的，你打哪儿来还是回哪儿去。我心中的儿媳妇，从来只有一个，那就是宝琛。你知道吗？周黎能上大学，全是宝琛家供出来的。

我一下就傻了，泪像决堤的洪水，我从来不知道他欠着这样的一份恩情，而我竟是这样的不受欢迎。

我面如死灰地看着周黎，声泪俱下地控诉着，为什么不告诉我？

我捋着自己的东西就要离开。可周黎死死地抱住我不放，我气极了，咬他。一口下去，他的胳膊上沁出殷红的血，可他还是死死地抱住我不放。

他用无尽哀求的眼神看着我，篱菊，求求你！我不能没有你，为了我，留下来！他的语气卑微而凄凉。

我看着一点点渗出来的血，第一次知道自己竟然可以这么狠。

这是我深爱的男子啊！我怎么对他下得去口？我心软了，伏在他肩膀上呜呜地哭了起来，我不知道自己要怎么办。

那一夜，我不知道流了多少泪，我们深情地爱着彼此，却要接受亲情最疯狂的"围剿"。

周黎捧着我的脸说，篱菊，你看，人生这么短，这世间根本不存在来世。我不想我们这一辈子，同心而离居，忧伤以终老。

请给我时间，时间是最好的解药，只要我们真心相爱，我想时间长了妈妈会同意的，你要相信我，我真的不想失去你！

泪一滴滴落下来，我们的泪交织在一起。爱，需要坚守，最终我决定跟周黎一起坚守。

有了坚定的信念，她妈妈所有的刁难我一律视而不见。因为周黎说格桑花代表着幸福，你看路边的格桑花开得那么鲜艳，所以我们一定会幸福。

对，我们一定会幸福，我天天看着美丽的格桑花这样对自己说。

只是一个月的时间，我却度日如年。虽然每天待在周黎身边，可我还是觉得特别孤单。周黎一天天消瘦下去，看着他每天夹在我和他母亲之间，我简直痛不欲生。

为何爱一个人这么难？我常常偷偷地哭，但是在周黎面前却装着什么都没发生。

我不知道我跟周黎能坚持多久，得不到亲人祝福的爱，痛苦也绝望，尽管我们爱得那么疯狂。

最可怕的事情还是发生了。

他妈妈用尽了所有的办法，都没能拆散我们，最后选择自杀。

我们发现的时候，地上有殷红的血迹和瓷碗的断碴儿，写字台上有她的遗书：这样我终于可以给宝琛一家有个交待了！

而她躺在床上，双目紧闭，面如白纸。我吓得腿都软了，周黎绝望地扑上去，号啕大哭起来。众人七手八脚地把她送到医院，幸好发现及时，命总算保住了。

有邻居骂周黎，你怎么这么狠？她把你养大有多不容易？你差点逼死了你的母亲。

周黎扶着墙绝望地笑着,只笑得泪流满面,然后身体颤抖成一片落叶。

看着他空洞而茫然的眼神,我想起纳兰的词来,眼凝清露重,眉敛翠烟深。
我又何尝不是如此?
我流着泪抚摸着他的脸,尽管我是那样的不舍,可我必须得走。
他看着我的背影只说了两个字,等我!

5
我没有问他,那个"等我"是多久,因为我知道多久我都会等。
我回到了母亲身边,找了一份教师的工作,开始认真地生活。

母亲问我,我闭口不提这一个多月所发生的事情,只是说外面的工作并不如意,所以回来了。
我不想让她担心,母亲果真不再问。这些年来,和母亲相依为命的生活,早已让我养成了独立自强的个性。
虽然不能跟相爱的男子在一起,但总得活下去,至少我们曾经那么深刻地爱过,这就够了。

前来提亲的人,一茬接着一茬。我说不,我要陪着母亲。
母亲常常一脸忧伤地问我,菊儿,是不是我把你害了?
我摇摇头,我觉得陪着您是一件很幸福的事情。
母亲便笑了,笑得一脸的沟渠和心酸。

有时跟暮云一起喝茶吃饭,她总是一边吃一边摇头叹息。我懂她的意思,只是我依旧我行我素。

元稹说,曾经沧海难为水,除却巫山不是云。我想,这一辈子,周黎就是我巫山上的那片云,我不可能再爱上任何人了。而没有爱情的婚姻,更没有任何实质的意义,所以我宁愿孤单地盛开,再寂寞地凋零……

转眼我二十六岁了,那些花红柳绿的春天,于我已是遥远的记忆。

我开始只穿素色衣裙。因为我在等一个人,一心一意等一个人,我只想做一生一世一心人的素心人。

时光飞逝,两年以后我已经二十八岁了,有时候我也会想,这一生不会就这样老了吧?

当周黎突然带着一枚戒指出现在我面前时,我傻傻地立在原地,大脑一片空白。他拉着我的手一脸紧张地问,篱菊,你走了,我跟母亲说如果不是你,我这一辈子谁也不娶。而如今六年过去了,她看到了我的坚决便妥协了。只是让你受苦了,你要我吗?还要我吗?

我要,我要,我急不可待地抢过那枚戒指,一下就套到了自己手上。

那一夜,他轻轻吻着我的耳垂问,篱菊,你愿意今晚就成为我的新娘吗?我的脸已羞成了一朵粉艳的荷花,细声地在他怀里呢喃着,叶叶含春思,枝枝向画廊。

依然相爱，该有多好

第四章

那人
正在
灯火阑珊处

樱花恋

1

我姓白,名落樱。不只有樱花的诗意,更有樱花的美丽。母亲说我出生时,正是片片樱花飘落的季节,所以取名落樱。

认识何家源那年我二十五岁,是家报社的小记者。距上一段苟延残喘的爱情结束,已有两年没谈过恋爱。

不是不想爱,也不是没人追,而是拒绝再爱。

我爱了一个男子三年,都说爱情就是马拉松,你紧他就松。而在我刚刚结束的那段爱情里,我只是一个人的马拉松,跑得太久,总有体力不支的时候。春情只到梨花薄,片片催零落,到最后只能无可奈何花落去。

青龙寺的樱花,是这座千年古城的一道盛景。因此一年一度的樱花节就显得格外隆重,那天樱花节开幕,我去做报道。

如织的游人,温煦的春风,朵朵樱花灿烂的笑脸,到处都呈现出一片妩媚的美丽。开幕式即将开始,我的任务就是给领导拍照,然后再回去写一篇新闻稿。

当我伸手去取挂在脖子上的相机时,心里一惊。糟了,准是刚才去公共洗手间出来时，放在洗手台上了。

健步如飞地赶到洗手间，哪还有相机的影子？

也是。人来人往、鱼龙混杂的公共场合，怎么可能还在？我一边恨自己的粗心大意，一边万分沮丧地往回走。

活动肯定会继续，没了相机，照片必须得拍，该怎么办呢？

正在我万分焦虑时，突然瞥见不远处樱花树下，一个身材高大至少有一米八的男子，正在以很专业的姿势拍照。

那么专业的姿势，相机肯定差不了，我决定向他求助。

嗨，我冲着他气宇轩昂的背影摆着手打招呼。

有事吗？他诧异地转过身来。剑眉星眸，英俊刚毅，却面若冷霜，无形中给人巨大的压力。

我突然便不知所措，心里想完了完了，红着脸支吾了半天，最后好不容易说明了来意。本以为像他那样冷的人，肯定会拒绝。我紧张得屏住呼吸，可出乎我的意料，他很快答应了。

我重重地喘了一口气，如释重负。

他微微地笑了，眉宇间竟然透出清风般的柔和，定定地看了我有十秒钟，然后靠近我轻声地问，我让你感觉很压抑吗？

没，没有！我紧张地后退一步，脸一下红到脖子根，有点心虚地撒了谎。不过，你笑起来很好看，你应该多笑笑，我朝他勉强笑了笑。

他突然冲我做了一个鬼脸，笑得一脸的白痴和诡异。

我愣在原地半天缓不过神来，这是怎样的一个男子？感觉像变脸似的，这表情也未免太丰富了吧？

他看我愣在原地，自己扛着相机寻找合适的拍摄角度去了。

而拍摄中的他，一下子又恢复了严肃的冷峻，这让我更加好奇起来。

那个上午，广场上一片载歌载舞的欢腾，空中有片片飘飞的樱花。而我眼前一直闪现的是何家源冷热交替的脸，那么生动，那么有吸引力……

2

他拍的照片果然够专业，我的报道不只上了头条，还获得单位不菲的奖励。

我私下查过他的资料。何家源，二十七岁，单身，中国摄影协会会员，资深摄影师，拿过不少摄影大奖。

难怪。

离上次见面不过一周时间，怎么闲暇下来时，我的脑子里全都是他？冷峻的，微笑的，甚至是做鬼脸的……

我不会这样就喜欢上他了吧？我立即否定自己近乎荒唐的想法，我跟他认识不过一周的时间，我们又了解彼此多少呢？

我用力地摇了摇头，把他从我的脑海里赶跑，很快让自己镇定下来。我想，也许我只是感激他对我的帮助。

对，只是感激他在我危难时的挺身而出。

又过了几天，我还是不由自主地想他，我突然意识到我是真的喜欢上他了。

感谢总是必要的，我决定请他吃饭。

打电话过去说明来意，他很爽快地答应了。地点是他选的，榴花国际饭店顶楼的旋转餐厅。

我撇撇嘴调侃着，那么贵的地方，你这是狮子大张口啊，也不怕把我吃穷了。

他在电话那边笑得很灿烂。

一个小时后，我们坐在榴花饭店二十三楼。透过巨大落地玻璃窗，整个城市的夜色一览无余，而对面是英姿勃发的他。本就高大的身材，一身剪裁得体、做工精良的高档毛料西服，更显得他英俊潇洒。

他温柔地给我夹菜，低声地说着幽默的笑话，一顿饭吃得妙趣横生。在别人的眼里，我们俨然就是一对热恋中的情侣。

我们的眼神碰到了一起，我竟然感觉自己就像一个情窦初开的女子，心跳得好快。我慌乱地扭过脸去看窗外，一颗心仍然扑通扑通地跳着，我们这算是谈恋爱吗？转过脸时，他仍然眉眼含笑地看着我。

良辰美景，多少事，欲说还休。

一顿饭下来我紧张得手心都出了汗，仪态还好吧？妆会不会花了？趁去洗手间的时间我补了妆，再出来时他已结了账。

我执意要把钱还给他，他笑我小气，我的脸突然又红了。

下次你再请我，落樱，下次，他说。

这是第一次，他这样亲热地叫我的名字。落樱，这么亲昵的称呼，像是在叫自己的恋人。我的脸更红了，低着头不再说话。

从饭店出来，我们并肩沿着林荫道散步。他的手突然拉住了我的手，我心里咯噔一下，试着挣扎了几下，可他握得更紧了。
你不喜欢我吗？落樱。他用探寻的眼光看着我。
我看着他期待的眼神，便不再挣扎，由他握着，心里却有一头小鹿在乱撞。一些樱花簌簌地落着，多久没有这怦然心动的感觉了？我以为自己已经麻木，麻木到再也体会不到爱的感觉了，可是此时我却真实地感觉到爱情之花又在我心底盈盈地绽开了，泪几乎落下来。

家源轻轻地揽过我的身子，一脸深情地说，落樱，我爱上你了！做我女朋友，好吗？你不知道，从看到你的第一眼，你就印在我心底了。从来没见过一个女孩子比你更会脸红，你不知道，你那一低头的羞涩，是那样的让我心动。这些天我一直在等你电话，我在赌，怎么着你也得感谢我吧？他喃喃地倾诉着。
我的泪突然就落了下来，我一直不相信一见钟情，然而此刻我信了。

迎着他深情的目光，我孱弱地把头靠在他的肩膀上。我们的唇很自然地凑到了一起，有薄荷的清凉，还有樱花的芬芳。
尽管那只是我们相识后的第十天，可爱情来的时候，哪顾得了太多？

3

人说，爱上一个人，只需要三秒钟。爱与不爱，其实从见到第一眼就决定了。而有些人，注定一眼就入了心。
我和家源的爱情，以光速进展着。在这场樱花还没开败的时候，我们已迅速地坠入了热恋。

我常常觉得我们就是彼此的前世今生。只短短三个月的时间，我们却走过了别人一生的历程。我们不只有相同的人生观和价值观，更有相同的爱好和兴趣，有时候一句话他说了前半句，我便能接后半句，我们是那样的默契和相似。
雪小禅在她的随笔里说，我们努力一生，不过是要找一个与我们相似的人。
而家源就是那个与我相似的人。
我们像两只不知道疲倦的小鸟，每天尽情地沐浴在爱河里欢笑歌唱。
顽皮的时候，我便家源家源地叠声叫着，而他也会落樱落樱地喊着。真正爱一个人，爱到听到对方的名字，都会觉得万分的温暖和亲切。

我是那样爱他，爱到一刻见不到他，便会开始想念，爱到竟然生出了想要与他长相厮守的念头。
我甚至开始憧憬着跟家源以后的生活。比如说为他生一对儿女，做他喜欢吃的饭菜，陪着他一起慢慢变老……
能跟自己爱的人厮守到老，是一件多么幸福的事情啊。
一个二十五岁的女子，确实到了开始谈婚论嫁的年纪。五个月后，家源买了钻戒在榴花国际酒店向我求婚。

落樱,他深情而沙哑地呼唤着我,你愿做我的新娘,与我一起白头偕老吗?
我爱你,我爱你!他一遍遍地看着我的眼睛说。
看着眼前这个男子深深期待的眼神,我觉得自己是那么的幸福和快乐,我决定把自己的一生都托付给他。
我幸福地伸出手指,羞涩地在他耳边轻声地吟诵着诗经里那最古老的誓言,执子之手,与子偕老。
家源激动地把戒指套到我手上,我们紧紧地拥抱在一起。

看着眼前这个我深爱的男子,我的内心充盈而幸福,我们的爱情不只开花了,而且很快就要结出幸福的果实。
婚礼定在来年的三月举行,刚好也是我与家源相识的周年纪念日。
刚过完新年,柳梢上才挂上一抹新绿,我便早早开始做各种准备。我想,等到春暖花开的时候,我就要幸福地走进结婚礼堂了,到时我一定是最漂亮的新娘。
为了那神圣而庄重的时刻,我开始保养皮肤,护理头发,做身体SPA(水疗)……我是那样地迫不及待……

4
婚纱照整整拍了三百六十五张,家源一张张设计出来,然后一张张镶在照片墙上。

他说，落樱，你看，以后的每一天里，你都是我的新娘。面对这么深情的男子，我只有幸福地扑进他怀里。

婚礼前半个月，我和家源去蒙娜丽莎试婚纱。
当我穿着一袭洁白的抹胸荷叶婚纱，从试衣间款款走出来的时候，家源看得眼睛都直了。
他轻轻地揽着我的腰，温柔地亲吻着我的耳垂，落樱，你真美。
我一脸幸福地靠在他的肩上看镜子里的我们，礼服小姐在身后啧啧地赞叹，这简直是金童玉女啊。

这时家源手机嘟嘟地响了起来，家源看了一眼，挂断了，可手机仍固执而不厌其烦地响着。
在响到第三遍的时候，我催着家源去接电话，也许真有什么事呢？我说。

当家源接完那通电话时，脸色一下子变得煞白。我不明白发生了什么，关切地摸着他的额头问，亲爱的，你怎么了？
家源不说话，只是眼神空洞地看着我，慢慢地他的眼里竟然蓄满了泪水。
我一下就慌了，不知所措地抱紧他。
他伏在我的肩膀上，泪一颗颗落了下来，一串串流进我的脖子里，我的心一片慌乱而寒凉。
第一次看到家源哭，我既心疼又焦急，甚至有一种不详的预感。

我们失魂落魄地回到婚房，我问什么家源都不说，只是一支接一支地抽烟。

他是那样的痛苦，整张脸因为巨大的悲伤都变了形，泪像断了线的珠子一样，一串串从他的脸庞流下来。

我觉得他的泪水就是海洋，我已快要被他的泪水淹没，却什么也做不了。只能像一只困兽一样地看着他独自痛苦，我却无能为力，我的心痛到了极点。

当他终于和着眼泪抽完一整盒烟的时候，一下子扑过来紧紧地把我抱在怀里，他把我抱得那样紧，紧到我都无法呼吸。

我问他话仍是不说，只是声泪俱下地一连串跟我说着对不起。

对不起，落樱，我爱你！

落樱，对不起，我爱你！他反反复复地就一直重复着那几个字。

我带着哭腔捧起他的脸，却发现他的眼睛红肿得像桃子一样。

到底怎么了？家源，我们马上就是夫妻了，有什么事情是我不能分担的吗？我流着泪问。

5

事实的残酷远超乎我的想象，电话是他哥们打来的。原来家源的前女友忆安得了白血病，所剩的时光不多，而她最后的心愿就是能成为他的新娘。

所以他不能娶我了，他要去陪忆安度过人生最后的时光。

我无力地跌坐在地上，整个人瞬间被掏空了，泪像喷泉一样涌了出来。我感觉自己的身体轻得像一只蝴蝶，如果可以，那时我真的希望自己化蝶而去。

我多希望这一切只是一个玩笑,可家源的悲戚和绝望告诉我,这是我们必须得接受的事实。

我哭得委屈而绝望,这世上什么事情都可以争,而唯独生死不可争。
家源吻着我的眼泪说,落樱,你不要喝孟婆汤,下辈子我一定转世为人来寻你,还有下下辈子……
我突然哈哈大笑起来,然后哭得更加的悲伤和绝望。
那一夜,我们面如死灰地看着对方,泪水淌了又淌。尽管我们那样深爱着彼此,可在另外一个深爱着家源女子的生死面前,我们的爱却显得那样单薄……

家源去了医院,带着一枚闪亮的戒指向忆安求婚,尽管那时忆安已瘦得不成人形。
他看她的眼神像是看一件失而复得的珍宝,他一脸柔情地把玫瑰捧到她的面前,单膝跪倒在病床前,泪流满面地抚摸着她的脸。
亲爱的,以前都是我不好,你能原谅我吗?我爱你,你是否愿意做我的新娘?
忆安不说话,只是流泪。

家源亲吻着她的额头继续说,亲爱的,我们马上举行婚礼,我相信你一定会好起来的。无论你是生病还是贫穷,我都愿意照顾你一生一世,生生世世。
病房里所有的人都在抹眼泪,家源轻轻地把忆安搂在怀里。
忆安原本苍白的脸上终于有了血色,脸上慢慢地绽开一朵花的微笑。

我在病房外面，看着这既感人又悲伤的一幕，哭得肝肠寸断。那一刻，我多么希望躺在病床上的那个人是我。

一周后，在樱花纷飞的季节里，家源将和忆安结婚，而伴娘是我。当时所有人都不可思议，他们都以为我疯了，只有家源眼含泪水轻声对我说谢谢！

他是懂我的。他知道我深爱着他，而纵使遭遇这样的苦难，我也愿意陪着他不离不弃。

一个月后忆安走得一脸安详，所有人都说家源有情有义。

一年后的春天，家源带着一枚崭新的戒指来找我，他沙哑着嗓音问，落樱，我们还可以重新开始吗？

你还愿意要我吗？

你愿意吗？

我愿意！我哽咽着回答，连理无分影，同心岂独芳？

泪一寸寸又落了下来，我们疯狂地吻到了一起。

一个月后，我们举行了盛大的婚礼，那时灿烂如云的樱花圣洁地铺满了城市的上空，我披着洁白的婚纱，一脸甜蜜地走在通往幸福的路上……

司仪感动于我们的故事，高声地吟诵着，若似月轮终皎洁，不辞冰雪为卿热。人群里响起了经久不息的掌声。

晚来秋

1

若尘醒来的时候,空气里氤氲着迷人的牛奶香。他贪婪地深吸一口甜美的空气,紧紧地闭上了眼睛。

他想,一定是挽凉为自己做好了早餐……

他细细地品味着空气里弥漫的幸福,久久不愿再次睁开眼睛。因为害怕再睁开时,这美好的一切便会消失。

他不敢相信,这一切都是真的。

那个像水仙花一样清凉的女子,那个自己暗恋了五年,苦苦追求了三年,一直对自己冷若冰霜的苏挽凉,昨夜竟然就躺在他身边。

她抱着他的身子,在他怀里瑟瑟发抖。

她在他耳边细语,若尘,你说你爱我!你很爱很爱我,对不对?明天我们就去结婚吧!

语气里满是哀求和卑微,这样的苏挽凉,让若尘觉得心酸。他感觉自己的心被重重地锤了一下,看着她那晶莹剔透的泪水像断了线的珠子般跌落下来,他就觉得无比地心痛。

尽管他知道她的泪水不是为他而流,尽管他知道她并不爱他。她爱着的男子,是一个叫唐一鸣的歌手,在本市有名的蓝月亮酒吧驻唱。

他曾无数次跟在挽凉身后,看着他们亲密地激吻。他也曾无数次地看到,唐一鸣把别的女人拥在怀里。

当他试着跟挽凉提起的时候,她总是说,你不懂,他是真心爱我的。

这时挽凉看向若尘的眼光,便带着一份落寞的坚决,这让若尘觉得,仿佛做错了事的是自己。

尽管若尘并不想接受挽凉在这种不清醒状态下的表白,但他的心早已被她的泪水碾碎,他还是违心地答应了她。

娶一个深爱着别的男人的女人,这需要多大的勇气啊!

他想让她幸福,他会用尽一生的时间来给眼前这个女人幸福。他在心里暗暗发誓,不会再让任何人来伤害她。

他安抚着她的情绪,像哄一个三岁的孩子。他的眼里满是宠溺,他给她煮牛奶喝,说好听的笑话,看着她安静地睡去。

他就那样静静地躺在她的身边,仔细端详着那张让自己魂牵梦绕的脸。尽管一颗涨满爱意的心突突得快要跳出胸口,但在他的内心深处却没有一丝一毫的杂念。

那一夜,他们什么事也没有发生,他就那样嗅着她头发的缕缕幽香,一遍一遍地在心里默默地说着:挽凉,我爱你!

我会用一生的时间来好好爱你!

相信我,我一定能给你幸福。

直到天快亮的时候,若尘才迷迷糊糊地睡去。

2
若尘终于鼓起勇气,再次睁开了眼睛。他满怀深情地用目光搜寻着那个让自己怦然心动的身影,只是房间里什么也没有。
他的心咯噔一下,一跃便从床上跳到了地上,赤着脚在房间里奔跑。他是那样的急切,以至于呼唤的声音里都夹杂着颤抖。
他想看她手忙脚乱的样子,然后从背后轻轻地拥住他,再对他浅浅一笑。
然而什么也没有,只有一杯冒着热气的牛奶,压住一张字条:若尘,对不起!谢谢你,我走了,不会再来了!
落款苏挽凉。

瞬间他便觉得心底直冒凉气。她连一个简单而亲切的称呼都不愿意留给他,这就是那个冷傲而寂寥的女子,清冷得让他生痛,泪水一颗颗便落了下来……
他一动不动地坐在那里,紧紧地握住那杯牛奶,想要努力保存住它的温度。直到牛奶完全冷却,他都没有变换一下坐着的姿势,这是她给予的唯一温热啊!

手机一直嘟嘟地响着,若尘烦躁地按下了关机键。在门铃不知第N次响起时,他才终于极不情愿地起身去开了门。
门只拉开一条小缝,他便看到田小甜笑容满面地倚在门外,两只手上拎满了各色吃食。他刚想关上门，田小甜便以比他还快的速度侧身挤了进来。

她迅速地放下手里的东西，搓了搓冻得通红的手，朝若尘调皮地眨着眼睛。
嘴里哼哼着，陈大画家，又想把我关在门外？你休想。
陈若尘，我告诉你，我这辈子跟定你了！
若尘无奈地摇摇头，任由小甜摆弄着他的蜗居。他曾经无数次抗议，可小甜仍会我行我素地把这里收拾得一尘不染。

小甜对他的情意，他不是不懂。只是他喜欢像苏挽凉一样清冷的女子，小甜却热烈得像一团火。

有一次，他对小甜说，田小甜，你别对我这么好！我不喜欢你这种类型的，你知道我喜欢谁吗？我喜欢苏挽凉，一个会拉小提琴会唱歌的清冷美女。
谁知小甜竟然翻转着清澈的大眼睛，狠狠地白了他一眼，那是你的事情。
我喜欢你，是我的事情。
若尘张着嘴，半晌说不出话来。

自此他便知道除非田小甜自己要放弃，否则无论自己说什么，对于小甜来说，都不会起到任何实质性的作用。

3
再次来到蓝月亮酒吧时，小提琴手已换了别人。

没有苏挽凉的蓝月亮,就算再喧哗热闹,在若尘的眼里,也冰冷得如同地窖。

还记得第一次见到苏挽凉的情景。

她穿一身水蓝色的丝绸长裙,柔顺的长发随意地披散下来,只在头上带了一个开满各色鲜花的花环,像一个不食人间烟火的仙子,坐在那里寂静地唱着《一帘幽梦》。

那忧郁的眼神、凄凉的唱词虽然与酒吧的喧嚣格格不入,但在场的每一个人都不由自主地被她吸引。那是一种深深的震撼,她的身上仿佛具有一种特殊的魔力。若尘也正是在那样一场演唱里知道了她叫苏挽凉,或许从那一刻开始就爱上了她。

他给她送花,她转手便送给了别人,他请她吃饭,她从来没有赴约过。

直到那一次,她看到唐一鸣跟别的女人吻在一起的时候,她转过身像一具僵尸般行走在街头,竟然一头撞进了他怀里。

她惊讶道,怎么是你?

他用尽所有的深情默默地凝望着她,半天也说不出一句话来。

在那一刻,她觉得他是一个值得信赖的人,她说,借你的肩膀用一下。

然后趴在他的肩头,任泪水肆无忌惮地流淌。然后擦干满面的泪痕,抬起清冷的脸扬了扬手,微笑着淡淡地跟他说再见,那是她唯一一次对他笑。

她的笑容像一朵颓败的花,带着凄凉的没落,却无声地开在他的心底。

他在心里叹息着,这个倔强而又让人生怜的女子!他为她感到不值。

他以为自此她会跟唐一鸣分开,可看到他们又在一起的时候,他的心开始痛得厉害。

爱一个人，真的是一件让人容易犯傻的事情，自己又何尝不是呢？

失去了苏挽凉的行踪，若尘感觉整个人都被掏空了。他开始一支接一支地抽烟，他的画再也没有以往的激情和热烈，每一幅都充满了颓废的色彩。

小甜来得更勤了，他不跟她说话的时候，她亦不跟他多说一句。

在近半年的时间里，小甜都这样安静地为他收拾房间，买他喜欢的食物，做他喜欢的饭菜。

有时候他会感觉到惊讶，她甚至从来没有问过，但每一样都能做到他心里。比如说，她知道他喜欢吃辣的食物，便会隔三差五地炒一碟青辣椒，让他用来夹锅盔吃；再比如说，她知道他喜欢菊花，花瓶里总少不了她带来的三色菊……

4

窗外的玉兰开了再谢，谢了再开。

若尘常常看着那硕大的花朵出神。有时候他想，他跟苏挽凉的爱情，或许就没有真正开始过。

就像那洁白耀眼的玉兰花，寂寞地盛开，再无声地凋零。就算开得再繁华热闹，也只是他一个人的事情。

依然没有挽凉的任何消息。

小甜却像一只永远不知疲惫的陀螺一样，不停地旋转在他的生活里。看着她在他的蜗居里忙前忙后，有时候若尘也会想，幸好有了小甜，他才可以安心画画。他不能想象，没有小甜的生活将是怎样的一团糟……

如果说苏挽凉是一朵寂静而薄凉的白玉兰，那么田小甜便是那鲜艳而热烈的三色菊了。
不知道从何时起，若尘看向田小甜的目光，竟然夹杂了一丝温柔，或许这种微妙的变化连他自己也不知道。
这个秋天似乎来得更晚一些，过了十月才感觉到了一丝清冷。已经两天没有小甜的任何消息了，若尘竟然不时地张望着门口。画板上有一笔没一笔地涂鸦着，两天了却硬是没画出一幅成形的作品来。

窗台上的菊花，大朵大朵地开着，开得他的心一片慌乱。
他不止一次地想象着，那个可爱而活泼的大眼睛女孩，会突然提着一堆东西出现在自己的面前。

5
当小甜抱着一大捧清新的野菊花神采奕奕地出现在他面前时，若尘竟然压抑不住愤怒。
他一把夺过她手里的野菊花，生气地扔到地上，冲她没头没脑地喊道，两天没有一点消息，就是为了去采这一堆破东西？你跟谁去的？你不知道女孩子单独去郊外会很危险？

小甜先是愣了一下，随即眼泪便吧嗒吧嗒地掉了下来。她一边抹眼泪，一边无声地去捡拾被若尘扔得七零八落的菊花。

若尘看着她啜泣抖动的肩膀，心里就像被针扎了一样难受。他开始觉得，自己就是一个不折不扣的大混蛋，只知道欺负对自己好的人。

他恨不得扇自己的耳光，明明是想对她好的，却又无心伤害了她。

他深深地叹了一口气，一边蹲下去帮小甜捡那些菊花，一边小心地去握她的手。她的小手在他的大手里抖动得很厉害，有那么一丝挣扎但很快便放弃了，她呜呜地大哭起来，顺势便扑进了他的怀里……

他紧紧地拥住了她，任由她痛快淋漓地哭泣，任由她一边呜咽一边捶打着，任由她一遍一遍坏人坏人地叫着……

是啊，他是坏人，是个不知怜惜眼前人的大坏人。他忽略她太久了，他让她等得太久了！眼前这个两年来不离不弃的她，才是红尘里真实的烟火。

他抱着她，一遍一遍地说着对不起。

他想，就是上千上万个对不起，也弥补不了他的愧疚。

突然若尘轻轻地推开小甜，快速地奔向那一地的野菊花，小心翼翼地捡了起来，并单膝跪到了小甜的面前，一脸郑重地说，

田小甜同志，你愿意接受眼前这个坏人的爱吗？

小甜啜泣的心酸转为一脸的阳光。

她轻轻地接过他手里的野菊花，拼命地点着头，然后小心翼翼地拉住他的

手,一起把菊花插进茶几上的青花瓷瓶里。这时的小甜,俨然就是一个顽皮的孩子。她一边拉着若尘的手在弥漫着菊香的房间里转圈,一边大声地冲若尘喊到,陈若尘,你说一万遍"以后永远只爱田小甜"。

若尘便真的举起了右手,深情地看着小甜的眼睛,一遍一遍地说着,陈若尘从此以后只爱田小甜,陈若尘从此以后只爱田小甜……

在这个晚来的秋天里,空气里飘荡着除了野菊花的味道,还有爱和幸福的味道……

野百合也有春天

1

黄采儿在商业街转悠了很久,终于找到了她想要的棉麻衬衣。

那是一件白色的长款衬衣,上面染印了一大朵粉色荷花,两片苍碧的荷叶分别铺在花朵的两边,那朵荷便栩栩如生,跟真的一样。

这衬衣可真好看啊!当宿舍的姐妹看到这件白衬衣时,纷纷赞叹着。

这么漂亮的衬衣,是买给谁的呀?采儿的下铺素素一脸惊奇地问。

你还有姐姐吧?采儿,阿然猜测着。

采儿摇了摇头,随即把这件衬衣穿到了自己身上。

当大家看到采儿把这款衬衣穿到自己身上时,扑哧一声就笑了。

因为那时采儿身高一米六,体重却足足有一百三十斤。那样一款本就宽大的衬衣,穿到她的身上,更显得她的肥胖和笨拙,活像一只笨重的袋鼠。

有姐妹试探着问采儿,你是不是遇到喜欢的男孩子了?

怎么可能?她那么胖,谁会喜欢她呀!阿然不以为然地说。

本来还一脸通红、有些害羞的采儿突然就生气了,以后你们自己的事情自己做,谁也不要使唤我。

说完使劲拽下身上的衬衣，胡乱扔到床上，伤心地大哭起来。

大家颇感意外地安静下来，难道采儿真的遇到喜欢的男孩子了？有人在心里猜测着。
那时，205寝室的姐妹们习惯了拿采儿取乐。因为采儿不只胖，还留一头男孩子似的短发，更重要的是性格也有着男孩子般的爽朗。不止205寝室每天的热水她全包了，就连宿舍里的垃圾，或者一起出门时要拎的包，她都全揽下了。如果谁有事叫一声采儿，她准会乐颠颠地跟在后面随叫随到。所以大家也习惯了在采儿面前口无遮拦，只是没想到这一次真伤了采儿的心。

自从说过不再帮大家之后，采儿真的不再帮忙了。她开始早出晚归，如果碰巧她在宿舍，无论谁再采儿采儿的叫得多么甜腻，她都津津有味地捧着自己手里的书本，充耳不闻。
唉呀，真的生气了。她喜欢的人到底是谁呢？大家更加好奇了。

只是那时没人知道采儿的忧伤。十八九岁的女孩，哪个不希望自己像一朵美丽的花儿？哪个不希望能够遇见心仪的男子？

2

而采儿之所以买回那件漂亮的棉麻衬衣，确实是跟一个男孩子有关。

上周末系里大礼堂播放《廊桥遗梦》，是一部采儿期待已久的影片，五块钱一张电影票，采儿早早购买了。

那天采儿细心地打理好自己的短发，穿上自己认为最漂亮的衣服，一件绿得能滴出水来的衬衣，尽管她觉得那件衬衣很漂亮，可寝室里的姐妹都说艳俗。

采儿端正地坐在礼堂里，一脸微笑地盯着电影屏幕，内心充满着期待的幸福感。第一次坐在学校的礼堂里看电影，她感觉自己好像是在赴一场盛大的演出。

这时有一个男生走近她身边坐了下来。出于好奇，她侧脸看他时，他便对她微微一笑，露出整齐而洁白的牙齿。

你的牙真白！她不假思索地脱口而出。

那男孩子被她突如其来的话语逗乐了，扑哧一声便笑出声来，随之客气地跟她说谢谢。说完之后，他望着她的眼睛又补充了一句，你可真有意思！

他是在夸她吗？第一次有男孩子说她有意思，她觉得这句话是那样的与众不同。为了这一句与众不同的话，她开始仔细地打量起眼前的这个男孩子来。

白皙而细腻的皮肤，一副眉清目秀的样子。而最重要的是，他身上一件宽大的米白色棉麻衬衣，更映衬得他是那样的清秀俊逸和与众不同。

那时北方还不流行穿棉麻，学校穿棉麻衣服的人少之又少。

她突然开始觉得局促不安起来，相对于他的白衬衣，她觉得自己身上的这件绿衬衣果真是那样的艳俗。

他是江南来的吧？她想。她觉得他一定是来自江南的男子，只有江南的男子身上，才有这样温婉而柔和的气息。

电影终于开场了，他认真地看起电影来。而在整场电影当中，具体演了什么，她一个镜头也没记住，因为她一直偷偷地在看他。
她觉他比眼前这场自己梦寐以求的电影更有吸引力，她觉得眼前的他，那么帅，那么美！她就那样呆呆地注视着他，如果能跟这样一个男生谈一场恋爱的话，那该是多么幸福的一件事情啊！
想着想着，她便醉了……

3
电影是什么时候散场的，她不知道；他是什么时候走的，她也不知道。直到礼堂管理员进来清场的时候，她才突然意识到此刻礼堂里只剩下自己。
她开始恼恨自己，连他的名字也不知道，以后要怎么找他呢？
当她准备离开时，脚下踢到一个东西，捡起来一看，是一个叫孟萧然的笔记本。她打开看了，里面还有一张照片，就是刚才坐在自己旁边清新俊逸的那个男生。
她抱着笔记本立马开心地跳了起来，把笔记本紧紧地捂在自己的胸口，她害怕一不小心便又把它弄丢了。

她去学生处打听了他的消息。孟萧然，扬州人。得过很多IT设计奖，也算是系里的名人了。喜欢他的女孩子更是趋之若鹜，而他已有了女朋友，美术系一个叫作苏苏的妖艳女子，是他的同乡。

那么优秀的男生，身边怎么可能少了女朋友呢？尽管她的心里有小小的失落和微微的惆怅，可她还是想他能记住她，那怕只仅仅是记住。
要怎么样才能让他记住她呢？

她只是一个平凡而普通的女孩子。尽管五官并不难看，可是她没有好的家庭背景，甚至还有些肥胖……
她唯一的优势是学习超好，年年拿全额奖学金，而且经常收到来自各个杂志、报纸的稿费……
如果穿和他一样的棉麻衬衣站到他的面前，会不会引起他的注意呢？不管怎样，都要试一试。于是她决定去买一件棉麻衬衣，她觉得那天穿棉麻衬衣的孟萧然那么清新，那么俊逸……
如果穿上和他一样的衣服鹤立鸡群，他应该能够记得住她吧？

她整整逛了一天，跑了十条街道，就在快绝望放弃的时候，才在一家小店里找到那件棉麻白衬衣。她甚至连试都没试就毫不犹豫地买了它。尽管花了她半个月生活费，可是只要他能记住自己，她觉得一切都有意义。

只是她忘了，她本身是个胖子，那样的一件衬衣，只适合体型偏瘦的人穿……
她反复地翻看着那个笔记本，里面只是他自己写的一些小诗，相对于她的字迹来说，他的字甚至还有一些丑陋。可她就是喜欢他，她忘不了他的样子，她常常捧着他的照片傻笑，她觉得他仿佛就在自己的眼前了……
经过再三思量，她决定迟些再还他的笔记本。因为她需要时间，她决定不再做个胖子,她要以唯美的样子站到他面前。
她一定要他记住她——黄采儿。

与此同时,她给自己取了一个笔名叫野百合也有春天,开始匿名与他通信。他们交流着彼此的思想,相约着写同题,有时也能碰撞出思想的火花,只是不聊爱情。

采儿经常会看着孟萧然的那些诗歌发呆,尽管他也写情诗,只是她知道不是写给她的。这也算在谈恋爱吗?黄采儿想了又想。
算是吧!她肯定地回答自己。只不过是自己一个人的恋爱,与他无关。
尽管每每想到这些,采儿的内心便微微作痛,可她就是忍不住去想他,去爱他。

4
爱情的力量是惊人的,她给自己制订了严格的训练计划和合理的饮食计划。第一个月下来,瘦了五斤。趁宿舍姐妹们都不在时,她偷偷地又试穿了那件白衬衣,还是笨拙。
一想到孟萧然穿棉麻白衬衣那清新俊逸的样子,她就暗暗鼓励自己,采儿!加油,她攥着拳头对自己说。

毛毛虫不也一样能变蝴蝶吗?野百合也有春天。然后她更加勤奋地每天早起跑步,饮食上只摄取以前的70%。

有时候她会偷偷跑去看孟萧然,她只是远远地看着他却并不打扰他。他依旧那么清新俊逸,那么潇洒迷人……

看着看着,她的心就涩涩地难受了。为何只是那么一场偶遇,他和她甚至连话也没说过几句,她就那样不可思议地喜欢他、想念他呢?

喜欢一个人,常常就是这么没道理的事情。

她买了一本漂亮的笔记本,把他们之间来往的诗歌誊写在上面。一笔一画,一首一首,工工整整。

她要等到能站到他面前时,把这些诗歌和自己的缕缕相思,一起送给他。她要变成一只能够翩翩起舞的蝴蝶,飞到他的面前。

她孤单地幸福着,也忧伤着。

可是她的秘密还是被大家发现了。

那天素素在她床上找一本书,不小心翻到了那个笔记本。当孟萧然的照片从笔记本里掉出来的时候,素素惊呆了。

天啦,快来看啊,采儿竟然喜欢上了这么一个清新帅哥。

姐妹们迅速地围了过来,有认识孟萧然的女生尖叫着,黄采儿不是疯了吧,她竟然喜欢上孟萧然?

那样优秀的男生,怎么可能会喜欢她呢?

可怜又添一个伤心人喽!阿然摇头叹息着。

就在大家纷纷议论采儿不自量力时,采儿一脸漠然地从素素手里抢过那张照片,大家这才尴尬地回到自己的铺位上去。

她们满以为采儿会发脾气，没想到采儿什么也没说，只是平静地把照片夹到那个笔记本里，然后一头扎进她的书堆里。

大家觉得她们越来越看不懂采儿了。自从那次哭过后，采儿的身上就出现了一种淡淡的漠然味道。

很快就一个暑假过后，采儿不止瘦了，而且长高了，身高有一米六五吧。新学期报到的时候，大家惊呆了！那还是黄采儿吗？她的身后有男生响亮的口哨……

谁也没想到，瘦下来的黄采儿，原来这么美！消瘦的身材，迷人的锁骨，最重要的是因为瘦了，脸变尖了，一双原本不小的眼睛，此时竟显得熠熠生辉。

而她的头发已长到脖子的位置，打薄了零散地披着，穿上那件宽大的棉麻白衬衣，再配上一条紧紧包住臀部的牛仔裤，有一种销魂的美。

也许是因为蚀骨的相思，她的身上呈现出来的忧郁，像一朵索然而孤寂的莲。

5

而美术系的女子，从来就不会稳妥安分，尤其像苏苏那样美丽而妖艳的女子。

冬天还没过完的时候，苏苏便搭在另外一个男子的肩膀上，巧笑嫣然地招摇过市，全然不顾孟萧然的感受，据说那是本市某领导的儿子。

那完全就是一个自私的女子，她的爱情来得快，去得更快。她和孟萧然的爱情，只维持了不到一年。他只不过是她游戏人生的对象，有了更有利的选择，他便没了价值。

听到这个消息，采儿并不开心。
她想，他一定很痛吧？她替他感到难过和不值。
是时候去还孟萧然的笔记本了，还有那整整一本为他而写的诗。
人生这么短，她已错过了他的初见，她不想错过他的以后。
哪怕得到的是他的拒绝。

很快春天来了，采儿终于鼓起勇气，穿上那件宽大的粉荷棉麻衬衣，约孟萧然在系礼堂的门口见面。
那是她第一次遇见他的地点。她的内心忐忑而又慌乱，他还记得自己吗？
随即她又笑了，记不记得，有什么关系吗？那时她那么胖，她宁愿他不记得那时的她。

他远远地走过来的时候，她觉得自己的心好痛，泪几乎就落下来了。他不只明显瘦了，而且眼神再也没有以前的清澈，竟然蒙上了一层浓浓的忧郁。
你叫黄采儿？他看到礼堂门口的她远远地问。
采儿努力地挤出一丝微笑，冲他扬了扬手里的笔记本。
他的眼睛一亮，快步走了过来。他注意到她身上的白衬衣，轻声地问，你也喜欢棉麻衣服？
她微笑着点头，心里便弥漫着温暖的感动。
他果然注意到她的衣服了，只是他不知道，她为了能穿上这件衬衣而做过怎样的努力……

他慢慢地从她手里接过那个笔记本,打开翻了翻,有点惊讶地问她,你是在哪里捡到的?
她按照提前预想好的,编了一个善意的谎言。
谢谢!如果不是你捡到,我都不知道那些最青涩的回忆要去哪里找寻了。他低着头把那个笔记本看了又看。

你不知道,我找了很久很久,他的语气苍凉而难过。我要怎么谢你呢?他思索了一下,不如我请你吃饭吧!
好!

尽管采儿的内心早已激动得如翻腾的波涛,尽管这一句话她等了很久,可她还是强压住澎湃的心情,微笑着跟在他的身后去了学校的花腰部落。

那天他们不停地说话。
聊诗歌,谈理想,原来他们之间有那么多相同的话题,原来他们那么像……
后来聊得太尽兴,他们要了啤酒,喝着喝着都有点醉了。

孟萧然伏在桌子上开始哭泣,肩膀一抖一抖的。
采儿的心像被人揪住一样,走过去轻轻地伏在他的肩上,细声地在他的耳边说,
我是人间惆怅客,知君何事泪纵横。

孟萧然的身子一震，抬起蒙眬的泪眼忧伤地问采儿，为什么人生不能若只初见？

你要的初见，在这里，在我心里。
采儿借着酒劲，大胆地指着自己心口的位置，泪流满面地哽咽着说。
孟萧然惊呆了，一脸惊愕地看着采儿叠声问着，怎么会？怎么会呢？

采儿泣不成声地从怀里掏出那个笔记本，慢慢地摆到孟萧然的面前。你记得"野百合也有春天"吗？喜欢一个人，我就会用全部的爱。她慢慢地翻开那个笔记本，指着她写给他的那些诗歌，一首首地念给他听，念到后来，她自己都念不下去了……

孟萧然猛地转过身来，紧紧地把采儿抱在怀里。你真是一个傻女人，你怎么可以这样傻呢？他一遍遍呢喃，沙哑地哽咽着……

等到他们都安静下来，他终于颤抖地问采儿，你愿意给我们时间，让我们试着开始，可以吗？

采儿欣喜地点点头，然后伏在他的怀里嘤嘤地哭了起来。
有多少相思和委屈，便有多少幸福的泪水。
哭吧，尽情地哭！孟萧然一脸宠溺地轻拍着采儿的肩膀。
此时餐厅里正缓缓流淌着孟庭苇的那首《野百合也有春天》。

小桥深处枫叶红

1

当英俊潇洒的何子轩出现在蓝桥国际办公区的时候，公司里年轻的女同事瞬间眼都直了。

刚从瑞士留学归来的何子轩，是这家跨国集团公司的人事总监。虽然已经三十岁了，却仍然单身。这样一个几近完美的梦中王子，哪个年轻女子会不动心呢？

自此，蓝桥国际的美女们，一个比一个妖娆，一个赛一个粉艳。

何子轩看着这些整天围着自己转的花儿，却觉得索然无味。

尽管何子轩不拒绝和她们调笑，但是这些女子，只是他开开玩笑的调味剂。在爱情的世界里，太过主动的女子，在他的眼里便失去了光彩，他还是喜欢冷香的女子。那样的女子，像一朵冰雪里的梅，虽然开得寂静而萧瑟，但却又暗香盈袖。

尽管他身边的女子不少，可是至今还没有一个让他怦然心动。而唯一一个让他心动的女子，却不在他的现实生活里。

他想到了微信里的小桥，嘴角不自觉地浮上了一抹笑意。

他和小桥认识，是在一个诗歌微信群。

何子轩进群之前，他的微信名便叫枫叶。他进群时，正好小桥贴了一首自己的小诗在群里，他便一眼看到小桥的名字。

他心里一动，小桥深处枫叶红，这不是现成的诗意吗？

他果断加了她的微信，小桥深处枫叶红。小桥，你说我们是不是很有缘分？

等了半天，没见小桥回应，他不禁觉得有些失望。

何子轩想着自己热切期待的心情，不禁哑然失笑。一向都是他何子轩晾着别人，没想到也有被别人晾着的时候。

到晚上的时候，微信上才显示了她通过他请求的消息。而她只淡淡地回了一句，我从来不相信缘分。

尽管她的回复让他有刹那的失落，但却又莫名的浅喜。这才是他心目中她的样子，如果她的回应过于热烈，他一定不会再理她。

之后他们再无交流，但却存在于彼此的微信中。有时候看到对方朋友圈发出来的诗歌，遇到自己喜欢的，也会偶尔点个赞。

他们的走近却是在一个网站组织的一次诗歌大赛里。那次他和她的作品并列得了第一名。那一天，他们破天荒地第一次交流起来。他赞她的诗歌有灵性，她说他的诗大气磅礴，聊着聊着，距离便近了。

后来有时间也会聊聊彼此的生活，再后来便发展到一天没有小桥的消息，他便开始想念她。只是那时他在A市，而小桥在C市。

有时候他觉得自己莫名其妙，他身边什么样的女人没有，却为何独独对一个虚拟的女子这么上心？

小桥真是一个神秘的女子,她的微信朋友圈里从来不放她的照片。对于这样的女子,不是过于自信,便是过于自卑。
但何子轩坚信,以小桥的才情,一定属于前者。
就像他从来不把自己照片放在微信朋友圈一样,他觉得显摆照片的行为不过是不自信的一种卖弄,他和小桥都不需要。

但出于好奇,他向小桥要过一次照片,小桥的回复是,你是不相信你自己,还是不相信我?
他便笑了,这么聪慧的女子,他完全拿她没办法。
不过,在心底却更加看重她了。
他何子轩喜欢的女子,就应该这么自信,这么聪慧。

2
段千禾来公司应聘客户经理时,何子轩感觉自己的眼睛被什么晃了一下。
二十六岁的段千禾,冷艳得就像一朵蓝色妖姬。面容美艳、身材窈窕的她,在一身剪裁得体的宝蓝色套装的包裹下,操着一口流利而纯正的英语跟他干练而冷静地进行谈判。

阳光透过落地玻璃折射在她的脸上,有一种生动而亮丽的光泽。看着她游刃有余地应对着他提出来的问题,他暗暗在心底赞叹着,这真是一个出色而干练的女子。
尽管她要求的薪资不菲,但看着她坚定而冷静的眼神,最后他还是果断地签了她。因为他知道她值，她能为公司带来远远大于她薪资的价值。

签完合同后，段千禾依然是一副淡然的表情，淡淡微笑着跟他握手告别。
看着她迈着优雅的小碎步缓缓离开的背影，何子轩的心底竟然升起一种异样的情愫。这是一个内心强大的女人，面对她超乎年龄的冷静，他觉得她身上一定有故事。
一个有故事的女人，值得一探究竟，他露出意味深长的笑。

只是，小桥究竟长什么样子？想着段千禾那玲珑有致的身段，他对小桥的形象更加好奇起来。
他发微信给小桥，你看认识也这么久了，我们见个面吧。

小桥那边并没有回音。
他不知道小桥出了什么事情，焦虑得就像热锅上的蚂蚁，想打电话可是并无她的电话号码。
而这一等就是三天。
直到三天后的黄昏，小桥才回了消息，我刚来A市安顿好了工作，我相信我们迟早会见面的，只是到时不要太惊喜哟！

他本想责怪她，可是看到她这样的理由，他还能说什么，连发脾气都显得自己太小气。
好，我等你！他只能把一肚子的担忧和不满都咽了下去。

一周后,段千禾正式来公司报道了。

不知为什么,看着段千禾美丽的脸庞,何子轩总是不由自主地去想象小桥的样子。他不知道如果见了面,她会不会让他失望。

或许男子本身就偏重女色吧!毕竟眼前这么一个漂亮能干的女子是真实的,而小桥的形象只是一个并不确定的未知。

他再次约了小桥见面,又一次被小桥拒绝了。

他想,或许自己从来都没在小桥心中,这一切都是他自己一厢情愿的想念。

3

果真他没看错,段千禾一上任便接连拿下几位重要客户。不仅何子轩赏识她,就连公司总裁都对她频频点头。

而在平日里,段千禾总是一副拒人于千里的样子。不只办公室里的女同事对她敬而远之,就连很多男同事,看到她都只能远远地欣赏着。她的美丽和才华,女人见了会嫉妒;而一般平凡而普通的男子,又没有那份强大的自信和气场去驾驭她,所以段千禾在蓝桥国际孤寂得就像一朵莲。

段千禾,这个神秘而清冷的美丽女子,引起了何子轩极大的兴趣。他觉得她与小桥那么像,他想去了解她,甚至接近她。

他私下了解过她,至今单身,甚至连男朋友都没有。

都在一个公司,他又是她的上司,他追她也不能表现得过于明显。他开始天天匿名送花给她,然后再发私人电子邮件,可是她一个字都不回;他下班前等在她必经的路口，邀请她一起共进晚餐，可她总是有事；他以公司的名义组织聚会，她都以各种理由逃避了。

总之，她就是一朵冷香的荷花，嫣然独立在她的水中央，没有人能够走得近她。这让何子轩虽然有一种巨大的挫败感，但却更欲罢不能了。

而不知道为什么，小桥似乎开始刻意躲着他。他发十句，小桥有时候只回一句。时间一长，他便没了发消息的勇气。

日子就这样不紧不慢地过着，尽管后来他又尝试着给小桥发了几次消息，可是小桥再无回应，她好像彻底从这个世界消失了一样。他常常看着她的微信头像发呆，虽然知道她与自己同在一个城市，可并不知道她单位地址，否则他一定会去找她。

有时候他自己也会疑惑，为什么自己一边追着千禾，而另一边又想着小桥？闲暇的时候，何子轩想着自己最近接触的两个女人，便觉得莫名地好笑。这两个女人这么像，而一向以风流倜傥自诩的他，在这两个女人身上竟然成了吃天的老虎。

很快公司年庆，做为公司客户经理的段千禾是无论如何也逃不掉了。在集体的庆典结束后，何子轩拉了大家去喝酒K歌。

他故意把安排活动的任务交给了段千禾，让她根本没有机会逃跑。

那是千禾来公司后，参加的第一次集体聚会。大家喝了很多酒，也许受了大家的感染，平时冷面对人的千禾也竟然开始喝酒。

喝着喝着，千禾便醉了。喝醉了的千禾面若桃花，开始嘿嘿地干笑，笑着笑着便笑出了满脸的泪，让人觉得分外地凄楚和难受。

大家一时都愣住了，何子轩更没想到会看到千禾的这一面。平时那么冷面生硬的女子，竟然也有这么脆弱的时候。这样的千禾让他觉得心疼，便提前送她回去。

4
也许是酒精让千禾彻底放松了下来，到她家楼下的时候，她并没有立即下车，而是在车上断断续续说了她自己的故事。

二十岁的时候，千禾爱上了她们学校的一个学长。
一位从小父母离异的男生。他颇有才华却风流多情，但是千禾一直相信那是他童年的阴影使然，她觉得她能够温暖他。
她是那样爱他，爱到不管不顾，她相信他说的每一句话都是真的。
他说他爱她，她便义无反顾地跟在他的身边。尽管千禾是家里的千金宝贝，她家不只雇有女佣，还有着带了私家花园的别墅。可是为了他，她却愿意每天在他狭小的出租屋里被油烟呛得满脸是泪，一心一意做着他喜欢吃的饭菜，只因为他说过她做的饭有家人的味道。

毕业了她不顾家里反对，毅然选择了跟他一起去漂泊，他们去了丽江。从一岁开始每年的压岁钱父母都给她另外存着，到她二十岁时整整存了三十万元，她帮他在丽江开了一家小酒馆。

由于经营有方，酒馆生意特别好，他便变得更加的风流多情。

丽江本就是充满暧昧和诱惑的地方，再加上手上又有了钱，什么样的女子没有？起初他还避着她，时间一长，看她一直那么温顺，竟然不顾她的感觉，开始带女人回来过夜。

有一次喝醉了，他抱着她说，爱情是奢侈品，千禾就像他的母亲。

她听了心疼得落泪，尽管她和他一次次争吵，可她每次都选择了原谅。

而他每次都保证是最后一次，每次都哭着对千禾说，你相信我，我是真的爱你。千禾总是认为自己一定是哪里做得还不够好，便更加努力地对他好。

因为她爱他，她不想他那样堕落下去。

当他第七次带女人回来时，千禾彻底伤心了。她流着泪喝下一瓶红酒，然后一脸微笑地告诉他，不要以为你会找女人，我一样会找男人。

她以为她有足够的光芒，可以照亮他内心的黑洞。而她并不知道，自己原来也会被这黑洞吞噬淹没。

像千禾这么漂亮的女子，只要她愿意，身边怎么会缺了男人？

她去了不远的酒吧，遇到看得顺眼的男人就跟他们调情。

起初他以为她只是说说，只是他没想到千禾说的是真的。当凌晨的时候千禾还没回来，他便慌了。他疯了一样的一家家去找，当他找到第十家的时候，发现她已经被几个男人灌得不省人事，正往一辆车上拉。

他疯了一样地冲过去，跟那群男人扭打在了一起。
他们五六个打他一个，最后他就那样被活活打死了。不知道是谁报了警，等她酒醒后是在警察局里。

警察说他死了，叫她讲清楚事情的经过，要做笔录。
她一下就傻了，歇斯底里地尖叫着，怎么也不相信警察说的是真的。
警察看跟她说不清楚，便带她去看他的尸体。她去看了，他的尸体上青一块紫一块的竟然全都是伤。

那一刻她蹲在地上不停地抽自己耳光，然后捂住脸哭得昏厥过去。
她是那么爱他，可如今却是她害死了他，她觉得自己就是凶手。

回去以后她天天夜里梦到他，梦到他冲她喊凶手。后来竟然开始精神恍惚，父母把她送去看心理医生，等她好转之后送去英国留学。
从那以后，她便热不起来。她的心早就结了冰，她觉得她这辈子再也不配拥有爱情。

千禾说完趴在后座上又呜呜地大哭起来，哭着哭着又想吐，便慌忙地冲下车去。显然喝得太多，她竟然站立不稳摔到在花坛边。
何子轩急忙跑过去，一脸心疼地搀起她。她软得像一团棉花，何子轩又不知道她家在几号楼，问她也不说，便又继续把她塞回后座。

在她倒下去的那一刻，她扯着他的袖子叫枫叶。

何子轩被惊呆了！他没想到自己一直心心念念的小桥，就是眼前的段千禾，他笑自己竟然这么粗心。

他恍然大悟，难怪她们那么像，难怪她说迟早一定会见面，到时候不要太惊喜。其实在她说那句话的时候，她早就见过他了。

这个古灵精怪的女子，既让人心动又让人心痛。

那一夜，他静静地守了她一夜，他觉得幸福来得如此突然。

5

第二天，段千禾除了向何子轩表达了自己的谢意之外，便又是一副冷冰冰的样子。

何子轩问，为什么？

她低头不语，问得急了俨然是一副公事公办的样子。

何子轩不解，这到底是一个怎样的女人？

如果说她不爱，为何要千里迢迢跑到他身边？可如果爱他，却为什么又要这样折磨他？他真的看不懂她了。

就这样冷了一周，何子轩彻底被激怒了。

在公司里他不便堵住她问，下班后他便一路尾随着她的车子。当她在地下车库打开车门正准备下车时，何子轩冲过去把她挡在驾驶座上。

这次千禾看自己不能再逃了，便给了何子轩一个合理的理由，那就是他用情不专。一边拉着小桥,一边又追着千禾,她觉得他就是一个朝三暮四的人。
他真的被她弄得有点哭笑不得,一脸严肃地盯着她问,
你们本来就是同一个人,我何来的朝三暮四?再说我一直说要见你,你就是不给我见面的机会。你拿一个虚构的人来考验我,你觉得这样对我公平吗?
她欲言又止地看了他一眼,似乎也觉得自己理亏,便低下头不再说话。

他看着眼前这个既让他心动,又让他心疼,还恨得牙痒痒的女子,一下子就把头凑了过去,疯狂地吻着她的唇。
起初她还抗拒,没过多久她便安静下来,幸福地陶醉在甜蜜里。

后来他们去公园散步,丝丝缕缕地诉说着彼此的前世今生。而她也不再是那个清冷而生硬的女子,一脸羞涩地依偎在他怀里看月亮。他们十指相扣,那晚的月亮很圆,正值秋天,此时公园里的枫叶正红得像要燃烧起来一样。

人间有爱是清欢

1

我叫张暮暮,爱上肖云哲的时候,只有十八岁。那是正是清新得像一朵含苞待放的栀子花般的年龄,很容易在一段感情里沉醉不醒。

大一第二学期的一个周末,我从老家给吴舟带了一筐青梅。
吴舟跟我同级,家就住在我家隔壁。
也许是地域的原因,老家的青梅散发出来的甜香格外地诱人,而最重要的是在市面上根本就买不到。
那可是吴舟他娘的一番心意,刚回到宿舍我便急急忙忙地给他送了过去。

我敲了敲门,请问吴舟在吗?我们约好了的。我站在宿舍门口向里探着脑袋问。
哦,他刚刚打水去了,不过应该很快就回来了,你进来等他吧!里面一个看书的男孩子头也不抬地回答着。
黄昏的光线有些暗淡,我提着那筐青梅走了进去,却一时找不到自己应该坐在哪里。
请问哪一个铺位是吴舟的?我对着埋头看书的那个男生问。
他抬起头来冲我微微一笑,伸手指了指他对面的下铺,然后去给我倒水。

他把水递给我，你随意。我接水的时候，注意到他的手指细嫩而修长，我猜他一定会弹钢琴。

他倒过水后又回到原来的位置继续看书，我注意到他正在看雪小禅的《刹那记》。那正是我喜欢的书，喜欢雪小禅作品的男生一般都会心思细腻，我不由得认真地打量起他来。

瘦瘦高高的个子，皮肤略微有些苍白，带了一副金丝眼镜，眉宇间透着一股腼腆的清秀。那样的男孩子，正是我喜欢的样子，我的心里微微漾起了涟漪。

可总不能第一次见面，就问他的名字吧？他不再说话，一时间我也不知道说什么好，空气便显得压抑而窒息。我只能随意翻看着吴舟床头的一本杂志，以掩饰自己的尴尬。

一阵微风从开着的窗户刮了进来，空气里便散发着阵阵青梅的甜香。时间好像过了好久，紧张得我手心都出了汗，吴舟才提着暖水瓶晃晃悠悠地回来了。

吴舟看见我来了，热情地给我们做介绍。他指着我冲那男生大声地嚷嚷着，肖云哲大才子，过来认识一下。

这是我的邻居张暮暮，也是名副其实的才女哟。不只写得一手好书法，而且从小就学国画，你们之间真应该多交流交流。

肖云哲抬起头来，认真地看了我一眼，冲我点点头算是回应。听吴舟这么介绍，尽管我心里很受用，可还是不好意思地脸红了。

和吴舟又闲聊了几句家乡的事，便起身告辞。走的时候他送我到宿舍门口，我倚着门框微笑着对他说，有时间我还会再来看你的。

其实我心里知道，那句话是对肖云哲说的。

2

以后经常借口去找吴舟，其实我只不过是想找肖云哲。

十八岁的相思，只能含苞待放地含蓄着。尤其我又是女生，总不可能太过主动，这样容易让人看轻。

去的次数多了，大家都以为我是吴舟的女朋友，我总是纠正，我只是他老乡。

其实他们都不知道，每次去的时候，只要肖云哲在，我的心肯定只在他的身上。我常常会偷偷地看他一眼，然后迅速把目光移开，我怕别人发现了我心底的秘密。

不过多数肖云哲都不在，这常常让我觉得失望而惆怅。

我总是看似无意，实则有心地跟吴舟打听肖云哲的消息。我喜欢那样清秀而略微羞涩的男生，像极了家乡青梅的感觉，我觉得他是那样有吸引力。

可吴舟带给我的消息，让我既难过又忧伤。原来肖云哲早已有了喜欢的女生，难怪他多数时间都不在。

他喜欢的是一个上海来的女生，叫范小慧，学声乐的。

真是人如其名，不只长得漂亮而妩媚，更重要的是打扮得时尚而前卫。烫一头波浪大卷，穿韩国流行时装，前凸后翘的身材，是典型的狐狸精似的女子。范小慧所到之处，必定会喧嚣而热闹。她有着众星捧月般耀眼的光芒和气场，追她的人更是多得排成排，而学校里有关范小慧的传闻，一直不曾间断。

而那时的我，只不过中人之姿，还留了一头男孩子似的短发。虽然小有才气，但在耀眼的范小慧面前，黯淡得发不出一丝光芒。

可我还是喜欢肖云哲，那怕只是远远地看上他一眼，我也能兴奋上好几天。

秋天的时候，我已经跟吴舟的室友混了个烂熟。为了能见到肖云哲，我只能继续拿吴舟做挡箭牌，我常常拍着吴舟的肩膀称兄道弟，吴舟只是憨厚地笑笑。

有时候看着吴舟对我关照有加、嘘寒问暖的样子，我也会觉得很内疚。好在吴舟并没有向我表白过，我顺理成章地享受着这份兄长式的关怀。

有一次吴舟宿舍聚餐，在学校外面的小酒馆里，大家理所当然地要吴舟叫上我。

那天肖云哲也在，大家嘻嘻哈哈地喝酒猜拳，只有他一个人神情落寞地坐在一边独饮，他看上去是那么的忧伤。

看着他一副孤寂的表情，我心里隐隐作痛，可又不敢冒然上去问。蔫蔫地坐了半天，终于忍不住拿胳膊碰了碰吴舟，朝肖云哲的方向努努嘴。

吴舟小声在我耳边说，他失恋了。范小慧又有了新欢，听说是校长的儿子。

那一刻，我几乎落泪。本来我应该高兴的，可是看着他那么难过，我一点也高兴不起来。

3

我不想被别人看穿,便咋咋呼呼地开始跟大家喝酒。

轮到肖云哲时,我故意拿出插科打诨的手段与他拼酒,我们喝了一杯又一杯。

他终于醉了,趴在桌子上呜呜地哭了起来,我也醉眼蒙胧地陪着他一起哭。吴舟心疼我,拉着我去吐。

隐隐约约听见他一边拍着我的背,一边叹息着,暮暮,你这又是何苦呢?我们从小一起长大,你的什么心思我不懂?这些年了,为何我总能与你上同一所学校?你为何就不能回头看看我?你什么时候才能明白我的一片苦心?

这个跟我亲得像哥哥一样的男子,他果然懂我的心思,可惜他不是肖云哲。可我喜欢的是肖云哲,他却爱着别的女子,这该是怎么样的一场烟花乱?

隐隐能听见酒馆里的背景音乐,是王力宏那首让人伤感的《花田错》。一种更加悲凉的苦涩排山倒海涌来。我哭得天昏地暗,感觉脚下像踩了两朵云,身子愈发的不听使唤。

吴舟见我站立不稳,深深地叹了口气,背着我回宿舍。我趴在他背上,泪还是止不住地在流。

那晚的月光似乎格外好,然而我只是一个伤心人,我看月色便也格外清冷。朦胧中想起几句诗,我哽咽着吟诵,一阕悲歌泪暗零,不解相思,月华今夜满。

吴舟的脚步慢了下来,他的肩膀莫名地颤抖了几下,隐隐感觉到他哭了,我环住他脖子的手背上一片潮湿。

为了能见到肖云哲,我又去了吴舟的宿舍,只是经过那一夜的醉酒事件,大家的目光都有点怪异。
也是,我表现得那么明显,只有傻子看不出来。
而吴舟却好像还是什么事情都没发生一样,嘻嘻哈哈地招呼着我。
肖云哲似乎更瘦了一些,手中虽然捧了书,却眼神空洞地看着窗外发呆。那么茫然无助的他,直看得我心底一片潮湿。

他的寂寞和落寞,就像插入我心脏的一把利剑,我极力掩饰住内心翻涌的波涛,匆匆逃离了吴舟宿舍。
我不能再这么看着自己心爱的男子沉沦下去,我要帮帮他,那怕他不喜欢我。
走出他们宿舍,我便给他们宿舍打电话,我猜他一定会接电话,因为电话机就在肖云哲旁边。
我约了他傍晚在学校的望月园见面,那个园子虽然不大,但是仿苏州园林的设计倒也精致典雅。

我在衣橱里一件件挑着衣服,这是我第一次正式与他约会。
没想到他比我早到。
我去的时候,他背靠着一根红色的柱子坐在那里弹吉它。那天他穿了一件宽大的白衬衣，深秋的风鼓起他的衬衣，像一只欲飞的鸽子，然而却更叫人觉得凄凉萧瑟。

我大胆地走过去，紧靠着他坐下，深深地看着他的眼睛说，肖云哲，很多寂寞是需要人来分享的，我愿意分享你的寂寞。

他拨动和弦的手就停在了吉它上，慢慢地把头靠到了我的肩膀上，泪一串串地流了下来。

我陪着他一起流泪，眼前是我深爱的男子，可惜他的泪是为别人而流。

4

我开始以肖云哲的女朋友自居。那时我的头发已经长长，因为我知道肖云哲喜欢长发的女子。

再去他们宿舍时我不再找邻居吴舟，指名道姓地说找我男朋友肖云哲。

有时候也会碰到吴舟，他总是低着头借口有事匆匆出去。我懂得他的难过和伤心，只是我不爱他，我只把他当哥哥，便无能为力顾及他的悲伤。

我开始包揽了肖云哲的所有生活。

比如说洗他换下来的衣服，替他买早点；他去打球时我在旁边当啦啦队；他去练琴，我便提前给他准备好要喝的水……

当然，在洗肖云哲衣服时，也会连吴舟的一并洗了。他们宿舍所有的人都说肖云哲好福气，我是一个贤惠而懂事的女生。

可肖云哲还是不快乐，每当大家夸我的时候他也只是笑笑。
虽然我是他名义上的女朋友，可我依然觉得我是寂寞的。我常常觉得我就是飘浮在他世界之外的一朵云，没有依托，也生不了根。
有时候也会忍不住抱怨他，他只是静静地看着我，不生气，不解释，更不主动找我。
我不知道他是不是在生气，可我希望他生气。然而不出三天，我准忍不住主动去找他，因为我是那样爱他，我不想让他难过。

很快春天又来了，只是我与肖云哲的爱情却走向了寒冬。
范小慧又回来找他了，什么原因我不知道。但是范小慧一回来找他，他便忘记了之前她带给他的痛。

那天在望月园里，他扶着我的肩膀。我以为他要吻我，一颗心扑通扑通地跳着，甚至紧张地闭上了眼睛，只等他的唇落下来。
可过了半天，我听到的是他的致歉。
对不起！暮暮，他说。
你是个好姑娘，我不能再伤害你了！范小慧又回来找我了，我还是忘不了她，我想重新跟她在一起。
这是我第一次与肖云哲亲密接触，却是他要跟我分手的时候。

我勉强挤出一丝微笑，苍白着脸跟他说，你去吧，我也没那么爱你，我只是见不得你难过。
他充满感激地消失在乱红飞舞的小路上，我看着他远去的背影心乱如麻。

没人知道我的酸楚和伤痛,更没有人知道我是那么爱他,爱到我不忍心伤害他。
很长一段时间,我不再去找肖云哲,也不去找吴舟。
吴舟经常来找我,只是我总借口说不在。

春花春月年年客,怜春又怕春离别。整个春天我都在望月园里徘徊,我在祭奠我那早已伤逝的爱情。

5
大三的时候,我又开始出现在吴舟的宿舍。
尽管我爱的男子不爱我,可我还是想看到他,那怕只是远远地看着他。

而肖云哲和范小慧之间,总是分分合合地上演着他们自己的闹剧。
有时候碰巧肖云哲在,我甚至不再拒绝吴舟对我的亲昵,我想这是他希望看到的。
到大四的时候,范小慧最终还是跟肖云哲分手了。
据说她又傍上一个上市公司老板的儿子,因为他承诺可以送她出国。
而肖云哲,不过是她证明自己魅力的一种手段。她想起他便招招手,她有了新欢便又对他挥挥衣袖。

四年同窗,离别就在眼前,整个宿舍一片凌乱。
大家醉一场,哭一场;哭一场,再醉一场。

肖云哲回了天津老家，他父亲在当地是一个很有影响力的人物，给他在国企安排了一个很好的职位。
吴舟留校，本来我也可以留校，可我选择去了天津。

我是悄悄去的，我想等找到一份体面的工作时，再告诉肖云哲。为了自己的爱情，我要再努力一把。

吴舟把我送上了火车。临开车前他拍了拍我的肩膀说，傻丫头，有什么事情都可以给我打电话，我会一直在你身边。
火车终于启动了，看着他孤单的身影，我落下泪来。我是被眼前这个哥哥一样的男子感动的。
虽然吴舟没有肖云哲那样清秀的面庞，也没有他身上那种忧郁而迷离的气息，但他却是一个踏踏实实，能给人安稳的男子。

6
想要在天津生存，对于人生地不熟的我来说，是一件艰难而尴尬的事情。先后找了几份工作，都不理想。
我不敢去见肖云哲，更不敢联络他，我怕他看不起我。我常常躲到他单位外面的一棵高大绒毛白蜡树下，看着他从单位里走出来，或偶尔坐专车离开。他依旧那么清瘦，只是神情开朗了许多，有时脸上还挂了淡淡的微笑，像我第一次见他的样子。

当我又一次失业的时候，我穷得只吃得起方便面。

那天去超市买打折的方便面时，远远地看见肖云哲了，他并未发现我，我急忙躲在一个货架后面。

他不是一个人，范小慧就跟在他身边，他们有说有笑地从我面前经过。看着他们幸福而甜蜜的背影，我抱着那一堆十块钱五包的方便面，哭得失了声。

范小慧出国的梦想最终泡汤，她见肖云哲有了不错的工作，便又来找他了。

我不知道自己要怎么办，迷迷糊糊回出租屋的路上，手机还被小偷偷走了。

天津我是待不下去了，走了三站路终于找到一个公用电话，我用身上仅有的钱，不由自主地拨通吴舟的手机号码。直到那一刻我才知道，我心里一直是有他的，否则不会在我最危难的时刻，第一个想到的是他。

电话接通了，我在电话里嘤嘤地哭。好不容易说清了事情的经过，吴舟焦虑地问了我的详细地址。

晚上十二点的时候，有人敲我的门，我紧张地拿了一把水果刀在手上去开门。

打开门，吴舟神色疲惫地站在外面。原来他害怕我吃不上饭，坐当晚最后一班飞机赶了过来。

我像个孩子一样，一下扑进他怀里哇哇地大哭起来。

他抹着我的眼泪，一脸深情地说，傻丫头，我们回家吧！让我来照顾你一辈子，好吗？

嗯。我流着泪拼命地点头。

他的眼里盛开了一朵桃花，我迎着他深情期待的眼神，幸福而羞涩地闭上了眼睛。

问世间情为何物

1

认识萧毅,全是因为吴楚琪。

那是在吴楚琪二十二岁生日酒会上,离校前的最后半年里。吴楚琪的父亲是本市有名的富商,酒会自然隆重而盛大。

吴楚琪调皮地对大家眨着眼睛,Girl(女孩)们,到时打扮漂亮点,有高富帅大餐,机不可失哟!宿舍顿时沸腾了!毕竟这样高大上的舞会,很多女子一生也碰不到一次。

距酒会还有半个月,好多人已开始构思,如何在酒会上惊艳出彩。

那真是青春芬芳的岁月啊!你看,年轻的女孩子总是这样渴望爱情,渴望一场浪漫的邂逅。

酒会当日,姐妹们早早开始梳洗打扮,场景不亚于一场文艺演出的后台。只有倪欣然还坐在角落里,安静地捧着一本《林徽因传》。

阿珠看着不为所动的倪欣然,一脸的不可思议,你不去吗?

去!倪欣然只是微微地抬起头,简单地应了一声。

如若去,也应该收拾一下吧!那样的场合,你这样素净,谁能注意到你?阿珠一脸担忧。

倪欣然转动着乌黑明亮的眼珠,冲阿珠笑了笑,然后低下头继续看书。
你这样的女子,应该生在古代。阿珠无奈地叹息一声,不再理她。
这样有目的的酒会,她本毫无兴趣。但必要的人情世故还是要懂,所以她会去。已经大四了,也许一别便是永远的天涯,所以她必须得去。
看着窗外花团锦簇的景象,倪欣然觉得宿舍里花枝招展的姐妹们比那些花儿还鲜艳。等大家都收拾好了,她简单地梳了梳那头乌黑飘逸的长发,然后换了一条干净的香芋紫棉麻连衣裙。
好了,她说。一伙人便浩浩荡荡地出发了。

腹有诗书气自华,素面的倪欣然虽然不惊艳妖娆,但却有着清水出芙蓉的雅致。如果要用花来形容女子,此刻的倪欣然就是一朵紫芙蓉。

舞会办得非常成功。
璀璨而闪耀的灯光,流光溢彩的华服、美酒,精致而可口的甜点,醉人的音乐……
在吴楚琪的开场舞之后,大家开始寻找各自的目标。
百般无聊的倪欣然象征性地拿了一杯香槟,安静地坐在一个最不起眼的角落里,静静地看着这一切。
看着那些一本正经、转转悠悠的男人女人,她突然想到旧上海的舞厅。

2
这里太喧闹了,她还是喜欢安静,去找吴楚琪告辞吧!

正想着时，一个端着香槟，穿白衬衣米色裤子的男子走了过来。

倪欣然轻轻扫了一眼，心跳突然加速，多像她的偶像周润发啊！大气的五官，棱角分明的脸庞，再配上沉稳而刚毅的表情，简直像极了。

嗨！他举起香槟在唇边抿了一小口，对她微微一笑，有一种倾城的惊艳。

怎么不去跳舞？他问。

你不也没去吗？倪欣然看着眼前这个儒雅而成熟的男子，不假思索地反问。

这么说，你是等我喽！他调侃。

她的脸刷的一下就红了，不好意思地笑笑，显然自己给了他话头。

一向不喜与人言，怎么今天这样冒失？

你笑起来真美！他意味深长地盯着她看，他的眼神深邃而绵长，她感到一种压抑的窒息感，微微地低下了头。

仿佛过了好久，丫头，我们跳支舞吧！他说。

倪欣然心里一慌，我不会！她本能地自我防护。五岁开始练舞，得过不少奖项，这样一曲简单的交谊舞，怎么可能不会？

正好我教你，他容不得她思考，拉着她的手就进了舞池。

多么霸道的男子，她的心不能自抑地慌乱起来，可是她喜欢霸气的男子。

他的手宽厚而温暖，闻着他身上清新而凛冽的男性气息，她的舞步凌乱而局促。他用力握了握她的手，轻声附在她耳边安慰着，放松一点。

触到他温热的气息，她的呼吸一滞，心底像沸腾的水。但他并没下一步的动作，只是很快挺直了身子，微笑着看她的眼睛。

她看着他清澈而期待的眼神，心便真的很快安静下来。她开始用心感受音乐里的节拍，慢慢的她的舞姿开始妙曼而轻盈。

他发现她的能量，一时兴起，竟然带着她在舞池当中玩起了花样。本不想引人注目，可那样的场合，又不能中途退场，她只能被动地配合着。
越来越高难度的动作，旋转、滑行、跳跃。奇迹的是，他们竟然配合得天衣无缝。
大家惊呆了，一时间众人停止了跳舞，尽情地看着他们的表演，这里完全成了他们的专场。
一曲终了，掌声雷动。有尖叫着叫萧毅的，也有喊倪欣然的。谁也想不到，那一晚，最不起眼的倪欣然，竟然成了舞池中的皇后。

姐妹们开始愤懑地挤对她，因为男主角是她们梦寐以求的男神，SO公司的CEO萧毅。有谩骂她假清高的，有说她工于心计的，也有人认为她城府太深……
面对大家雪片一样飞来的诽谤，倪欣然还是一副清淡似水的样子。
好在那次舞会之后，萧毅也并没找过倪欣然，这才让义愤填膺的姐妹们逐渐幸灾乐祸地安静下来。
萧毅虽然给了倪欣然联络方式，但她却一次也没找过他。不是不想，而是她觉得他们之间隔着一个银河系。

她常常想起他的笑脸，他的眼神，甚至那晚有关她和他的一切……
她默默地收集着一切与他相关的信息。小到他的服装品牌、爱吃的食物，大到他谈过几场恋爱,甚至是他以公众形象出席过的活动,她都掌握得一清二楚……

3
很快到了毕业的时候,就业的高压沉重而烦闷,多数人的心情像极了炙热的天气。
倪欣然直接签去SO,那是大家梦寐以求的大公司,一时间谩骂不绝于耳。甚至有人谣传她狐媚了萧毅……
当倪欣然终于砰地一声,把自己十几个资格证摔在大家面前时,众人哑口无言。
她们依稀想起,有多少时光,当她们打扮得花枝招展去约会逛街时,只有倪欣然在努力学习,也只有她……
那一刻,大家终于惭愧地低下了头。少壮不努力,老大徒伤悲。说的就是她们这一类型的人。
机会,从来只给有准备的人。

接到SO公司录用通知的刹那,倪欣然喜极而泣,独自去酒吧要了一杯红粉佳人,喝着喝着泪水模糊成粉艳艳的一片。老天知道,为了这一刻,她做了多少功课。
可如今,她要庆祝,和萧毅一起庆祝。她问服务生要了一杯曼哈顿,假装萧毅就在眼前。
她拿自己的酒杯碰着对面的杯子。她说,嗨!萧毅,干杯!

想着以后可以经常见到他,她笑了……

初进SO,她只是坐在格子间的小职员。而萧毅有着宽敞明亮的办公室,几百职员的大公司,他不可能注意到她。

怎样才能走近他呢?她常常远远地看着他的身影发呆。她总不能突然跳到他面前说,萧总,你还记得我吗?

他会把她忘了吗?那样优秀的男子,身边总少不了优秀的女子吧?可她随之安慰自己,努力才有结果,包括爱情。

努力工作,是她接近他唯一的途径,所以她疯了一样地努力。

转眼半年过去了,前助理出了意外,萧毅需要一名新助理。公司决定从他们新进的员工里选拔,努力而上进的倪欣然自然得到大家的一直推荐。

那一夜,她躺在床上哭了很久。终于可以理直气壮地站在他的身边了,只要能站在他身边,所有的心酸和努力都值了!

她觉得自己幸福得快要融化了!那一晚,她彻夜难眠,一遍遍在脑海里演练着与他重逢的情景……

当她以一身优雅的职业装站在他面前的时候,他的眼睛一亮,是你?

她微笑着抿了抿嘴,以后还请萧总多指教。还好,他竟然还记得她。她转过身去,眼睛慢慢就湿了。

做为他的助理,他们的接触自然多了。她帮他起草文件、打印合同、联络会议……

她的才干很快得到他的赏识,后来很多商务洽谈,他也习惯了带她在身边。

你真棒!有时他会情不自禁地夸她,她的脸红得像西天的一朵云,心在上面飘呀飘，只是语言上仍不动声色。

渐渐的他就连自己生活中一些琐碎的事情也愿交给她代办。而一桩桩，都让萧毅出乎意料地满意。

有时他也会惊讶，这么年轻的丫头，何来这样的能力和胆识？只是他不知道，她在他看不见的地方做了多少功课。

而萧毅在倪欣然的心里已生了根。他的果断，他的冷静，他的魄力，甚至他一抬手一投足，都牢牢占据着她的心灵。

如果说以前她只是爱他，那么现在是深爱，她深深地爱上了眼前的这个男子。

可是这样的爱有时让她觉得好心酸，她不敢表白，随之又想，能陪着他，也是一件幸福的事情吧！她总是那样反复地纠结着。

她收藏了好多他的简报，一张一张。常常在夜深人静时，一个人翻着那些海报摸着他的脸，一边微笑，一边叹息。

没有人知道她的幸福，也没人懂得她的忧伤。她想他的心情，像是一只只在心底噬咬爬行的虫子。只是那是她的秘密，一个在心底藏了三年的秘密。

4

转眼倪欣然二十五岁了,身边的姐妹都有了自己的对象,只有她还是单身。

有一天萧毅突然问,欣然,你有男朋友吗?
她红着脸支吾了半天,终于羞涩地挤出一句,没有。
看他没有下文她便装着忙碌走开了,忐忑不安地躲在洗手间里,半天不敢出来。他发现她的心事了,还是只是试探?她独自揣测着他的心思,不安地纠结了两天,可他还是一副很平常的样子。她在心底幽幽地叹了口气,原来是自己想多了。
春天马上就结束了,花园里的花开了又败了,她的春天何时会来呢……

一场急性肠胃炎,三年没请过一天假的倪欣然住进了医院。
一天下来,当临时助理的工作十件有八件让他不满意时,他才发现,并不是助理的问题,只是眼前的这个人不是倪欣然,他习惯了有她。

他想念她温柔似水的眼神、淡然浅笑的样子,甚至是她的干练体贴,善解人意……
他突然发现,他的脑子里竟然满满都是她。
一天,两天……等到第五天,他实在忍不住了,便跑到医院去看她。
他确定自己心里已有了她,他决定向她表白,他已离不开这个体贴入微的女子。

当他看到憔悴而脆弱的她时,他觉得心好痛,一下扑过去一把把她搂进怀里。

欣然,我爱你!他说。

她伏在他的怀里伤心地哭了起来,直哭得上气不接下气。

我终于等到你了,她扬起迷茫的泪眼说。

他温柔地拭去她眼角的泪痕,她便像一只楚楚可怜的小猫,蜷在他怀里,呜呜地诉说她的缕缕相思。从那次舞会说起,到她如何进了公司,又是如何成了他的助理,到最后几乎哽咽着讲不下去了……

萧毅惊呆了,紧紧地搂着她连声道歉,他没想到她爱得这么炽烈。我爱你!我爱你!那个下午他一直在说这三个字。

很快她成了他的妻子。尽管萧毅的父母曾强烈反对,因为她没有门当户对的家世,可他决绝地要娶她。

所有人都说灰姑娘是幸运的,因为她最终赢得了王子的爱。

能嫁给这样一个男子,真是几辈子修来的福气!她常常在夜深人静时看着熟睡的萧毅傻笑。

有时她会轻轻地抚摸着他的脸,连他睡觉的样子她都觉得这么好看。

而每当这时,萧毅总会宠溺地伸出一只手捂住她的眼睛,好好睡觉,他说。

原来他都知道,她便娇柔地往他怀里挤……

5

也许上天都嫉妒她的幸福。当她接到萧毅出车祸的消息时，犹如晴天霹雳，轰隆一下炸在了她的头顶上。

她的眼前一黑，一下子晕倒在地上，可最后一丝模糊的意识告诉她，她不能有事，她的萧毅还需要她。

她挣扎着爬起来，泪像断了线的珠子，那一刻她感觉到心不再是自己的了。从停车场到抢救室那一小段距离，她仿佛走了一个世纪。尽管司机一直搀着她的胳膊，她却几次跌倒。膝盖破了，手流着血，她亦感觉不到痛。

此时哪里的痛，又盖得过她的心痛呢？

可终究还是迟了。当她赶到时，萧毅已蒙着白布被推了出来。

她怎么也不能相信这是真的，尖叫着挣扎地扑上去，一口殷红的血扑哧一声就喷到了雪白的布上，她昏倒在萧毅的遗体旁。

等她再醒来时，她突然就不哭了，萧毅不在了，她不想独活。生怕离怀别苦，多少事，欲说还休。问世间情为何物，直教人生死相许。

直教人生死相许！做了这样的决定，她开始在病房里梳洗打扮，她要漂漂亮亮地去见萧毅。此生生是萧毅的人，死也要做萧毅的鬼！

可护士拿着报告单说，你怀孕了！她正在画眉的手就停在了半空。

滂沱的泪雨一串串洒了下来,她握着检验单在病房里哭得撕心裂肺。

萧毅,我要怎么办?我好想你啊,你告诉我怎么办啊?

她是那样想他!她多想去陪着他,可如今她却有了他的孩子,怎么办?怎么办?

整整想了一夜,泪也流了一夜。这是萧毅唯一的骨血,她决定让萧毅的生命延续下去。

第二天,她开始处理萧毅的丧事,只是再没了眼泪,因为她知道萧毅喜欢看她微笑的样子。以后,她得替萧毅好好活着,所以她不哭了。

很多人说,这女人真狠!丈夫死了,都不哭!

就连萧毅的父母,都是一脸的鄙夷,可她一句也不解释。

十个月后她顺利产下一个男孩,取名倪思毅,从此她成了单亲妈妈。

她会每天抱着思毅,站在萧毅的遗照前教他叫爸爸。看着思毅一天天长大,她觉得萧毅就在她的身边,一直在……

多少个夜深人静的晚上,她会换上与萧毅初见的那条裙子在他的遗像前跳舞。直跳得泪流满面,最后哽咽着抱着他的照片沉沉睡去。

三年过去了,萧毅的父母终于知道了真相,他们被眼前这个痴情而倔强的女子感动了。

找个人嫁了吧!毅不在了,可你还年轻,萧毅的母亲曾不止一次流着泪对她说。

不，妈！我有思毅就够了！而且萧毅一直没走，他一直在我身边，她看着他的照片一脸深情地说。

萧毅的母亲把她紧紧拥在怀里，泣不成声地说，你真是个傻孩子，但你这样自苦，毅在天堂也不会安心，以前是妈不好，以后妈要替毅来负责你的幸福！

毅妈妈开始不厌其烦地催促欣然去相亲，甚至亲自挑选相亲对象。起初欣然一概拒绝，但最终还是架不住毅妈妈一腔热情的软磨硬泡，后来还真碰到一个适合的对象，一年以后他们在毅妈妈的张罗下结了婚。

一晃二十多年过去了，倪思毅已成了萧氏集团的接班人。欣然虽然重新有了自己的幸福生活，可她常常还是会想起萧毅的笑脸和眼神，清晰得好像只是昨天他们才刚刚分别。

原来这世间最深的情，不是你陪他共赴生死，而是明知道他不在了，你愿意替他好好活下去，因为那样常思量地活着，比死更难。

图书在版编目（CIP）数据

依然相爱，该有多好 / 解晚晴著 . — 海口：南海出版公司，2016.12

ISBN 978-7-5442-8579-7

Ⅰ . ①依… Ⅱ . ①解… Ⅲ . ①故事—作品集—中国—当代 Ⅳ . ① I247.81

中国版本图书馆 CIP 数据核字（2016）第 274771 号

YIRAN XIANG'AI，GAI YOU DUO HAO

依然相爱，该有多好

作　　者	解晚晴
策划编辑	王可飞
责任编辑	张　媛　余　靖
封面设计	折耳朵羊
出版发行	南海出版公司　电话：（0898）66568511（出版）
	（0898）65350227（发行）
社　　址	海南省海口市海秀中路 51 号星华大厦五楼　邮编：570206
电子邮箱	nhpublishing@163.com
经　　销	新华书店
印　　刷	三河市南阳印刷有限公司
开　　本	880 毫米×1230 毫米　1 / 32
印　　张	9
字　　数	221 千
版　　次	2016 年 12 月第 1 版　2016 年 12 月第 1 次印刷
书　　号	ISBN 978-7-5442-8579-7
定　　价	32.80 元

南海版图书　版权所有　盗版必究